narrativa tea

Michaela Schwarz

Un tango a Manhattan

Romanzo

Traduzione di
Alessandra Petrelli

TEA

www.InfiniteStorie.it
il grande portale del romanzo

TEA - Tascabili degli Editori Associati S.p.A., Milano
Gruppo editoriale Mauri Spagnol

www.tealibri.it

Titolo originale
Der Weihnachtstango

Prima edizione Narrativa TEA settembre 2010

UN TANGO A MANHATTAN

E si dice che in questa notte
le facce siano diverse dal solito,
perché aspettano un miracolo.
Antoine de Saint-Exupéry

Prologo

Mezzanotte era passata da un bel po'. Avevano trascorso le ultime tre ore passeggiando per Manhattan, quasi sempre in silenzio, contenti di percepire la reciproca vicinanza. Al massimo si erano scambiati qualche osservazione sui passanti più bizzarri: un nero grasso che portava una camicia con la scritta «Blackout 1977» sopra la giacca, una vecchia che passeggiava con un abito a balze stropicciato, come se fosse appena stata al proprio matrimonio, un bambinetto che indossava una mantellina rossa, come se fingesse di essere Babbo Natale.

Il volo di ritorno per la Germania sarebbe partito da lì a dieci ore. Poi non si sarebbero mai più rivisti.

Si erano rivolti la parola per la prima volta quattro giorni prima, a bordo del traghetto che li portava verso la Statua della Libertà. Lei era in piedi da sola sul ponte, sferzata dal vento gelido. Con aria assorta, quasi malinconica, guardava l'acqua grigia. Lui non aveva osato avvicinarsi. Era stata lei ad apostrofarlo per prima.

«Laggiù», aveva detto indicando Ellis Island, «laggiù si sono realizzati tanti sogni. Quello era l'ingresso al paese dei miracoli e delle possibilità.» Lui non aveva mai visto un sorriso altrettanto bello.

«Non per tutti, però», aveva replicato, «alcuni venivano rispediti indietro subito, i malati e i vecchi.»

La donna l'aveva guardato. «Lei è sempre così? Vede sempre il lato negativo prima di quello positivo?»

L'istante dopo, prima che lui avesse tempo di risponderle, il traghetto era stato investito da un'ondata che l'aveva sospinta praticamente tra le sue braccia, senza che lei gli chiedesse scusa.

«Mi chiamo Mara», gli aveva bisbigliato invece, «mi chiamo Mara e credo nei sogni.»

Da quel momento erano stati quasi inseparabili. Lui non riconosceva più se stesso.

Sogni? Lui non ci aveva mai pensato su, neppure a Natale.

Quando raggiunsero il Rockefeller Center, la metropolitana era ormai chiusa da tempo, ma evidentemente le luminarie sull'enorme albero di Natale restavano accese tutta la notte. La temperatura era prossima allo zero. La neve caduta il giorno prima purtroppo si era sciolta. C'era un silenzio innaturale. Un paio di taxi passarono lungo la via. Le note di una musica lontana provenivano dal Rockefeller Plaza. I pochi passanti procedevano con andatura affrettata, senza degnare d'uno sguardo l'albero addobbato.

Lui vide la luce delle luminarie riflettersi sul viso di lei; fissava ammirata l'albero di Natale, come una bambina piccola.

Io l'amo, pensò. *Io amo Linda, mia moglie, intelligente e affidabile, e amo Mara. È questa la tragedia.*

Mara chiuse gli occhi per un istante. Era ancora più bella: gli piacevano gli zigomi marcati, la bocca sensuale, persino le orecchie un po' troppo grandi. All'improvviso ebbe la certezza che lei stesse esprimendo un desiderio, e chiuse a sua volta gli occhi.

Vorrei che quest'istante non finisse mai.

Quel viaggio a New York, affrontato come semplice corso di aggiornamento per un gruppo di giovani medici tedeschi, si era trasformato nella più grande avventura della sua vita.

Un attimo dopo, mentre si tenevano per mano a occhi chiusi e credevano di avvertire il calore di quell'incomparabile albero di Natale, cominciò la musica.

Un violino solitario suonava una melodia travolgente e insolita.

Colto di sorpresa, lui trasalì e spalancò gli occhi. Di fronte a lui c'era un uomo nero di capelli e con la pelle così scura da sembrare un indiano, che suonava con espressione amichevole.

Erano completamente soli.

«Questo è un tango», disse Mara sottovoce. «Sai ballare il tango?»

Lui scrollò il capo, ma lei si era già staccata e gli si era messa di fronte come una vera ballerina. Gli afferrò la mano sinistra, gli posò la destra intorno alla vita e lo guidò nei primi semplici passi di un tango, che lui aveva ballato alla meno peggio più di dieci anni prima alla festa per il diploma. Lei però sapeva fare anche questo: ballare il tango.

Vide l'uomo dalla pelle scura accompagnare i loro movimenti con un sorriso compiaciuto.

«Bravissimo!» gli sussurrò Mara all'orecchio.

Ti amo, avrebbe voluto dirle lui. *Maledizione, dimentichiamo tutto ciò che ci aspetta in Germania e restiamo qui.*

«Che giorno è oggi?» domandò lei all'improvviso.

Lui incespicò, sbagliò qualche passo, ma lei, con la

massima semplicità, lo riportò a ritmo, stringendolo a sé e facendogli sentire quali movimenti doveva fare.

«Oggi è martedì, 20 dicembre 1977.»

«Allora dobbiamo rivederci, l'anno prossimo, questo stesso giorno, da qualche parte in Germania. Per ballare il nostro prossimo tango.»

Un attimo dopo Mara si staccò da lui, gli sfiorò la guancia con un bacio e corse via senza voltarsi.

Quando si incontrarono il mattino successivo all'aeroporto, Mara portava un paio di occhiali da sole che le nascondevano metà del viso. Lui sapeva che aveva pianto. Era sposata da due anni con un chirurgo già anziano, come gli aveva rivelato distrattamente la prima volta che avevano fatto l'amore. Lui aveva Linda, sua moglie, intelligente e seria, conosciuta durante il primo tirocinio in ospedale, dove lei era già assistente. Il 2 gennaio lui avrebbe cominciato a lavorare nel suo ambulatorio. Era già tutto pronto.

Quando si voltò verso Mara, lei girò il capo dall'altra parte, come se le facesse male guardarlo. Avrebbe voluto passarle accanto, darle la busta con il biglietto che aveva scritto quel mattino presto nella sua camera d'hotel a Central Park. Invece di tante promesse d'amore, un appuntamento soltanto: *mercoledì, 20 dicembre 1978 – Hotel Duomo, Colonia. Ti aspetto.* Tuttavia non osava porgerle la busta. Il rischio che gli altri partecipanti al viaggio potessero accorgersi di quello scambio, gli sembrava troppo grande. Era sempre stato un vigliacco. Forse proprio per questo aveva sposato Linda, che sapeva sempre ciò che voleva.

Attualmente Mara aveva scambiato il posto con qualcuno del suo gruppo e adesso si trovava cinque file davanti a lui. Mentre tutti gli altri dormivano, lui era perfettamente sveglio. La busta che teneva in tasca gli sembrava arroventata. Come poteva riuscire a fargliela avere?

Raggiunto il corridoio d'atterraggio sull'aeroporto di Francoforte, chiese a una delle hostess di consegnarle la busta. La giovane non pareva troppo entusiasta, ma accettò di farlo.

Non vide più Mara quando sbarcarono dall'aereo. Lei lo precedette oltre il cancello perché doveva prendere la coincidenza per Amburgo che partiva di lì a venticinque minuti.

Mentre aspettava il bagaglio, consapevole che Linda era fuori ad attenderlo nell'atrio degli arrivi, aveva la sensazione che qualcuno gli avesse strappato dal corpo un organo vitale. Era immerso in una tristezza così smisurata da non riuscire quasi a respirare. Si sentiva debole e le persone che lo circondavano erano ombre vaghe e sfuocate.

Come poteva affrontare Linda proprio in quel momento? Lei aveva insistito per andare a prenderlo all'aeroporto di Francoforte per poi accompagnarlo in macchina dopo il lungo volo fino alla loro casa sull'Ammersee.

Quando prese il bagaglio dal nastro trasportatore, si sentiva vecchio e abbattuto. Improvvisamente la hostess dell'aereo si materializzò di fronte a lui e gli porse sorridente una busta. Evidentemente alla fine si era divertita a fare la messaggera d'amore.

Senza neppure perdere tempo a ringraziarla, lui aprì la busta. Conteneva un foglietto bianco dove stava scritta un'unica parola: *sì*.

Era cominciata in questo modo tra lui e Mara, era proseguita sempre nella stessa maniera – per trent'anni.

Capitolo 1

Aveva pensato a Mara per tutta la settimana. Aveva anche valutato l'ipotesi di recarsi a Colonia qualche giorno prima, per preparare con tutta calma il loro incontro, ma poi non aveva avuto il coraggio di chiudere in anticipo lo studio. Inoltre c'erano ancora alcuni dettagli da definire: con lo scalpellino che doveva preparare la lapide per febbraio, e con Rainer, che a partire dalla primavera successiva avrebbe gestito da solo l'ambulatorio.

Robert guardò la tomba di Linda, osservò la croce di legno chiara con il suo nome e si sentì un traditore. Del resto lo era davvero: tutti gli anni, il 20 dicembre, l'aveva tradita con la donna che amava per davvero.

Perdonami!, avrebbe voluto sussurrarle, ma non riuscì a spiccicare parola.

Una donna anziana gli passò accanto e lo salutò. Lui non ricordava come si chiamasse, ma sapeva che era sempre stata una paziente di Linda, come tante donne del paese, che si vergognavano a farsi visitare da un uomo.

Linda era arrivata a 63 anni, sette più di lui. Non aveva mai mostrato alcun sintomo di ipertensione, e tuttavia nel giro di quattro mesi era stata colpita da due ictus; il primo le aveva tolto la parola, il secondo era stato fatale.

Robert ricambiò il saluto della donna molto dopo che questa si era allontanata, poi si diresse deciso verso l'uscita del cimitero.

La Ford lo aspettava lì davanti. Nel giro di sei ore sarebbe arrivato dall'Ammersee a Colonia, dove avrebbe aspettato Mara. Per la prima volta in tanti anni non aveva dovuto inventare strane scuse per giustificare il suo improvviso viaggio a Colonia quattro giorni prima di Natale. Adesso era vedovo, era un uomo solo e senza figli. C'era soltanto Rainer, il nipote di Linda, che in cuor suo lui considerava un pettegolo e un pessimo medico.

Guidò più lentamente del solito. Forse perché, per la prima volta, provava un certo timore all'idea di incontrare Mara. Doveva parlare con lei, dirle finalmente che così non poteva più andare; era diventato insostenibile per lui incontrarla soltanto una volta l'anno per una notte e una lunga colazione. Aveva bisogno di vederla più spesso, ogni giorno – oppure mai più.

Era dal loro ottavo incontro, nel 1985, che avrebbe voluto dirle tutto questo, praticamente farle una dichiarazione. *Lascerò mia moglie perché voglio stare con te. Mi trasferirò ad Amburgo, se vorrai, cercherò un ambulatorio dove lavorare.*

Aveva cercato scrupolosamente le parole, come era diventata sua abitudine tutte le volte che doveva dire qualcosa di particolarmente difficile. Di certo non sarebbe stato facile ambientarsi ad Amburgo. Mara era un affermato cardiochirurgo alla clinica universitaria, lui al contrario un semplice medico generico della Baviera, ma poteva farcela.

Per il loro primo incontro si era inventato una visita a un vecchio amico di scuola. Il secondo anno aveva fatto finta di voler comperare un regalo per Linda e poi, quasi per scusarsi con lei, le aveva regalato un quadro costoso. Poi aveva trovato un ottimo pretesto: voleva ritirare la sua nuova Ford direttamente dalla fabbrica di Colonia, aveva spiegato a Linda, trovando così una motivazione plausibile al fatto di doverla lasciare sola per un giorno in studio. A partire dal 1983 aveva così iniziato a comperare una nuova Ford ogni due anni, sebbene in realtà avrebbe preferito di gran lunga una BMW, ma faceva parte della sua copertura. «Lasciami andare», aveva detto alla moglie anche l'ultimo anno. «Questo viaggio a Colonia per me è diventato una specie di rituale, e un medico che guida una Ford desta subito simpatia nella gente, perché non si vanta del proprio status.»

Non aveva idea se lei gli avesse sempre creduto. Molto probabilmente a un certo punto aveva addirittura smesso di importarle; in ogni caso aveva riso quando aveva sentito la sua giustificazione la prima volta, poi era salita sulla sua Land Rover per andare da qualche paziente, oppure al maneggio, dove in pratica trascorreva ogni minuto libero. Il loro rapporto era giunto a un punto morto. Da anni ormai non avevano più niente in comune a parte il lavoro. Lui imputava questo fatto a Mara, la donna ombra che non lo abbandonava mai. Linda se lo spiegava con il fatto di non aver avuto figli.

In occasione dell'incontro del 1985 lui arrivò all'hotel Duomo alle cinque del pomeriggio. Come tutti gli anni l'albergo era addobbato a festa. Il personale lo accolse con estrema gentilezza. «Sì, dottor Faber – la camera d'angolo con vista sul duomo. È tutto pronto.»

Per prima cosa disfece la valigia e preparò il registratore con la musica. Anche questo faceva parte del loro rito. A mezzanotte in punto lui e Mara ballavano un tango. Lui aveva preso lezioni di nascosto, per questo si recava apposta da Schondorf a Monaco, dove si esercitava per un paio d'ore nei passi principali, pur essendo perfettamente consapevole che, a confronto di lei, sarebbe sempre rimasto un misero dilettante.

Alle otto Mara non era ancora arrivata. Lui cominciò a preoccuparsi. Le era accaduto qualcosa? Perché lo abbandonava proprio quell'anno, quando doveva farle un discorso così serio?

Non poteva neppure chiedere notizie ad Amburgo, perché non conosceva né il suo numero di telefono, né il suo indirizzo. Anche questo faceva parte del loro accordo. Nessuna notizia, nessuna telefonata, nessuna domanda.

Solo il 20 dicembre era la loro giornata.

Verso le nove e mezza sentì bussare alla porta.

Aveva già fumato una sigaretta di nascosto e si era rassegnato al fatto che quell'anno Mara non sarebbe andata da lui, quando se la trovò davanti: un sorriso impacciato, lo sguardo luminoso.

«Scusami, tesoro», gli disse baciandolo. «Ho perso il treno, e quello successivo era in ritardo. Ma ora sono qui.»

Stapparono subito lo champagne e bevvero senza scendere a mangiare qualcosa al ristorante come tutti gli anni.

Mara era diversa dal solito – più nervosa, più loquace, mentre lui si sentiva sempre più taciturno e assorto.

Dopo aver fatto l'amore, ballarono il loro tango –

lui era e restava un pessimo ballerino, ma che importanza aveva? Gli bastava tenerla tra le braccia, sentire il suo odore, respirare il profumo della sua pelle.

La trovò un po' dimagrita e scorse due rughe agli angoli della sua bocca, ma si rifiutò di chiedergliene il motivo. Una volta, il terzo anno, si era informato con apparente distacco su suo marito e lei si era irrigidita, come se fosse stata colpita da una fitta di dolore. «Robert, per favore, non fare domande!» gli aveva detto con espressione ostile e torva. «In questo momento io e Wolf siamo un po' in crisi.»

Quando il tango stava per finire, lui si schiarì la gola e si accinse a formulare la sua richiesta: «Mara, devo dirti una cosa.»

Lei lo guardò sorridendogli felice. «Anch'io», sussurrò.

Per un istante fu sicuro che lei volesse dirgli la stessa cosa. Tra di loro c'era una profonda affinità elettiva. Anche lei voleva lasciare il marito per stare insieme a lui.

«Comincia tu!» disse lui, sentendosi stranamente vittorioso.

Mara si era messa un velo di rossetto, in realtà era truccata, cosa che non era mai successa prima. Abbassò pudicamente le palpebre, i suoi occhi azzurri furono percorsi da un lampo, poi scoppiò a ridere. «Prova a immaginare, sono innamorata», disse. «Si chiama Sören, è danese; grazie al cielo non è un medico, bensì un ingegnere civile. Mi vuole sposare.»

Robert andò fuori tempo. Per fortuna la musica smise poche battute dopo. Mara si infilò a letto con indosso la T-shirt, mentre lui, seduto in poltrona, si accendeva una sigaretta; a lei non piaceva che fumasse, ma in quel momento non ci fece caso.

Nel giro di dieci minuti lui venne a conoscenza di più particolari della sua vita che nei sette incontri precedenti. Da molto tempo lei non lavorava più come cardiochirurgo e, dopo aver conseguito un diploma di omeopata, esercitava come naturopata in uno studio tutto suo. Due anni prima aveva divorziato dal primo marito, riprendendo il suo nome da ragazza che tuttavia non gli rivelò.

Lui si rese conto di non sapere assolutamente niente di lei. Non erano due anime affini, lei era una donna con la quale lui ballava il tango una volta l'anno, nient'altro.

Quando si separarono il mattino successivo, lui era sicuro che non l'avrebbe più rivista, invece un anno dopo lo aspettava già in camera quando lui arrivò all'hotel Duomo, la prima volta in tutti quegli anni. Non fece più parola del danese.

Arrivò a Colonia che erano le quattro. Lasciò l'auto nel parcheggio sotterraneo sotto la cattedrale, poi percorse a piedi i pochi passi fino all'austero e raffinato hotel Duomo. Dal cielo grigio cadeva una pioggerellina leggera. Dal mercatino di Natale accanto all'albergo proveniva della musica. Un coro di bambini intonava canti di Natale su un palcoscenico.

Chissà dov'è ora Linda? pensò con un sussulto. Lo guardava dal cielo e finalmente comprendeva ciò che lui aveva fatto ogni anno il 20 dicembre? Andare a prendere un'auto, a trovare un amico, a consultare uno specialista di cardiologia, a comprare un quadro in una galleria – che patetici pretesti per il suo tradimento!

Sorrise di se stesso. Evidentemente in lui albergava

ancora una traccia di ingenuità infantile, se credeva che Linda lo guardasse dal cielo.

Decise che avrebbe acceso una candela per lei in duomo, l'indomani, una volta che Mara fosse ripartita e lui avesse ricevuto una risposta alla domanda se voleva rimanere con lui per sempre.

Capitolo 2

Possibile che fosse colpa di una cattiva stella, se quel 20 dicembre tutto sembrava andare storto? Robert non era superstizioso, ma quando preparò il vecchio registratore, si accorse che la cassetta con i tre tanghi non c'era. Com'era possibile? Usava quel registratore solo una volta l'anno, poi lo avvolgeva in una busta di plastica e lo nascondeva in una valigia sformata nell'angolo più remoto della cantina, dove era sicuro che nessuno l'avrebbe trovato. Invece adesso, mentre si accingeva a controllarne il funzionamento come di routine, lo spazio per la cassetta si spalancava vuoto come uno sbadiglio. Robert non amava simili sorprese. Una riunione con Mara senza il loro tango a mezzanotte era inimmaginabile.

Forse quel piccolo furto era stato l'ultimo gesto di vendetta di Linda? Forse aveva voluto mostrargli che sapeva perfettamente dove lui si recava anno dopo anno? No, Linda non poteva essere l'autrice di un gesto tanto ridicolo, ma chi altri avrebbe potuto armeggiare con quel vecchio apparecchio? Herta, l'anziana domestica, non avrebbe mai osato aprire la valigia, figuriamoci poi tirare fuori qualcosa.

Guardò l'ora. Erano le quattro e venti. Per fortuna

gli restava tempo sufficiente per procurarsi della nuova musica. Molto probabilmente però non sarebbe riuscito a trovare una cassetta. Ormai non se ne vendevano più. Scese di sotto e si fece dare indicazioni per raggiungere il supermercato più vicino dal portiere in livrea.

«È semplice», gli rispose l'uomo con un sorriso cordiale, «di supermercati qui ce ne sono in quantità.»

Quando sbucò sulla piazza del duomo, la vide. Era Mara, o quantomeno una donna che le somigliava. Robert la seguì per qualche passo, ma non ebbe il coraggio di chiamarla per nome. Che cosa ci faceva lì? Si recava in quella città solo una volta l'anno per il loro appuntamento segreto. La donna aveva la stessa statura e la stessa corporatura di Mara, portava un cappotto nero e un paio di jeans e avanzava curva contro il vento che spazzava implacabile la piazza. Teneva una borsa nera di pelle a tracolla. Anche i suoi capelli erano uguali a quelli di Mara, castani, lunghi fino alle spalle e con qualche ciocca grigia. Il berretto nero, tuttavia, non era nel suo stile, o almeno lui non l'aveva mai vista con il capo coperto.

La donna entrò in duomo e lui la seguì a una certa distanza. Voleva vederla in faccia, per avere la certezza che non fosse lei, bensì soltanto qualcuno che le somigliasse.

Dentro la chiesa c'era odore di incenso; le candele e qualche lampada spandevano una luce soffusa. Robert si rese conto in quel momento che nel corso dei suoi viaggi a Colonia era entrato in duomo solo una o due volte. Si mise a cercare la sconosciuta tra le schiere di turisti che si aggiravano per la cattedrale come ombre silenziose e ammirate. Nonostante fosse stata solo a pochi passi da lui, ora sembrava scomparsa.

Robert avanzò rapido per la navata centrale fino all'altare, quindi girò intorno al sacello dorato che custodiva i resti dei tre Re Magi. E poi, quando era sul punto di rinunciare, scorse la donna. Dopo aver acceso una candela a un altare secondario, fece un breve inchino e uscì da una porta laterale.

Anche stavolta non era riuscito a vederla in faccia, ma all'improvviso non era più così convinto che non fosse lei: la statura, i movimenti, tutto gli ricordava Mara. Però non poteva essere lei. Non era credente. Non avrebbe mai acceso una candela e non si sarebbe inginocchiata davanti a un altare. Oppure sì? Esisteva la possibilità che facesse parte del suo programma, arrivare in anticipo a Colonia, accendere una candela in duomo, e poi raggiungerlo in albergo? Oppure anche lei quest'anno aveva un motivo per essere in lutto, proprio come lui?

Valutò l'ipotesi di tornare sui propri passi, per comperare un disco di tanghi e un lettore di CD, ma poi rimase incollato a lei.

Anche se quella donna non poteva essere Mara, lui era curioso di sapere che cosa avrebbe fatto.

La vide dirigersi verso l'ampio scalone della stazione ferroviaria. Poi la perse nuovamente di vista tra la folla che gremiva l'edificio.

Avrebbe dovuto rinunciare al pedinamento almeno adesso, ma qualcosa in quella sconosciuta lo inquietava, come se lei avesse un segreto che lui doveva svelare.

Non gli era mai capitato prima di seguire una donna, era qualcosa di irragionevole e maleducato, ma il 20 dicembre non era forse l'unico giorno dell'anno in cui metteva da parte la ragione, che di solito determinava tutta la sua esistenza?

Attraversò la stazione a passo deciso, come un viaggiatore che rischiasse di perdere il suo treno. Sgomitando tra gli sconosciuti e mormorando mezze scuse, non perse mai di vista la sconosciuta.

Lei attraversò la stazione senza guardarsi intorno e non salì su nessun treno, come aveva immaginato lui. Si diresse invece verso il fiume, superò l'ampio viale che lo costeggiava e scese sulla passeggiata, ma non dalla parte dove erano ancorate le imbarcazioni delle gite, illuminate a giorno e piene di musica natalizia, bensì nella direzione opposta, fuori dalla città.

Lui la seguiva mantenendo la distanza sufficiente a non farsi notare. Se si fosse girata di scatto, lui avrebbe potuto fare dietro-front in qualsiasi momento.

Il cielo era nuvoloso, la passeggiata quasi deserta; al massimo in una mezz'ora sarebbe diventato buio pesto. Tre chiatte scarsamente illuminate risalivano il Reno.

Giunta al termine della passeggiata pedonale, la donna svoltò nel prato e si diresse verso il fiume. Robert rimase dov'era. Il cuore cominciò a battergli più forte. Che cosa stava facendo lì, la donna? Attraversò il prato come una sonnambula animata solo dall'istinto suicida di gettarsi nelle acque limacciose.

Robert riprese a camminare e intanto si frugò nella tasca alla ricerca del cellulare, in modo da poter chiamare aiuto nel caso la donna si fosse veramente gettata tra le onde. *Quanto tempo era possibile sopravvivere con quella temperatura invernale?* si domandò. Probabilmente al massimo un paio di minuti, sempre ammesso di non essere stati prima travolti e trascinati sul fondo dalla forza della corrente.

La donna non si fermò. Ormai doveva aver raggiunto l'acqua. Lui non la vedeva chiaramente, perché la sua figura era nascosta da alte piante d'ortica. Poi la vide appendere la borsa di pelle al ramo di una betulla solitaria. La borsa era aperta, conteneva solo un sacchetto di plastica vuoto. Lo scafo d'acciaio di una nave solcava le onde seguendo la corrente del fiume, tanto pericolosamente vicino da sembrare a portata di mano. Robert si mise a correre, aprendosi un varco tra l'ortica e i cespugli. Dov'era finita la donna? Era già in acqua?

«Ehi!» gridò. «Dov'è?» Il panico gli incrinava la voce. Tutto d'un tratto si sentiva responsabile di una perfetta sconosciuta.

E poi, mentre avanzava tra le ultime ortiche, la scorse. Era in piedi su un banco di sabbia, gli stivali neri lambiti dall'acqua, e stava gettando una rosa rossa nel fiume. Altre quattro galleggiavano poco più avanti, danzando tra le onde lasciate dal mercantile appena passato.

Lui si fermò trafelato. Fu invaso dal sollievo: la donna non voleva suicidarsi. Gettò altre due rose nel fiume, con aria rapita, poi si voltò e lo guardò con espressione diffidente. Lui si accorse allora che era molto più giovane di Mara e che l'unica somiglianza con lei consisteva nel fatto che era alta e magra e aveva la stessa pettinatura.

Sollevò un braccio, come per salutare e per scusarsi di averla seguita. Mi spiace, avrebbe voluto dirle, non volevo disturbarla, ero solo in ansia per lei.

La donna gli rivolse un cenno, il volto sempre serissimo, e indicò il fiume, come se questo spiegasse la sua presenza lì. Le rose danzavano lente nell'acqua e la corrente le stava trascinando una dopo l'altra verso il centro del fiume. Lei ne gettò un'altra ancora davanti a sé tra le onde.

Un attimo dopo Robert udì un rombo di motore. Girò la testa e vide una motocicletta che si dirigeva proprio verso la donna attraversando la vegetazione con il faro acceso. Una figura con una tuta di pelle e un casco nero si reggeva letteralmente in piedi sui pedali, per mantenere l'equilibrio. La donna gettò le braccia in aria, quando il mezzo le passò accanto a folle velocità. Il guidatore la colpì con un pugno. Lei barcollò all'indietro e finì in acqua. Con un'abile manovra il motociclista fece inversione a tutta velocità e tornò verso di lei, prima che avesse avuto il tempo di alzarsi.

«La smetta!» gridò Robert, ma per lo spavento gli mancò la voce. «La smetta subito!» In preda al panico, corse verso la donna e inciampò in un ramo. Dopo essersi rialzato, vide che l'uomo con la tuta di pelle era sceso dalla motocicletta e stava picchiando la donna. Lei gridava ripetendo un nome. «Johann», parve di capire a Robert. Solo questo nome. Afferrò un pezzo di legno che era sulla sabbia e proseguì verso i due. La donna era per metà nell'acqua e la figura vestita di pelle continuava a colpirla, non solo per farle del male, bensì per gettarla nel fiume. L'ultima rosa rossa si era impigliata tra i capelli della donna, che tossiva e sembrava sul punto di soffocare.

Robert li raggiunse. Alzò le braccia e lasciò ricadere il pezzo di legno sulla schiena dell'aggressore. Costui si girò di scatto, lanciando un grido.

Robert si accorse di avere a che fare con un uomo. Due occhi azzurri lo fissavano carichi d'odio da sotto la visiera sollevata del casco.

L'uomo disse qualcosa che Robert non comprese. Poi avvertì il primo colpo che si abbatté sulla sua guancia sinistra, e il secondo, un attimo dopo, che lo prese allo stomaco. Barcollò all'indietro e crollò su se stesso mentre veniva percosso una terza volta. Di colpo si trovò nell'acqua. Venne invaso da una sensazione di gelo. Cercò di sollevare la testa. Che cosa stava succedendo? Quell'uomo voleva forse uccidere la donna? Robert raccolse le proprie forze, cercando di rimettersi in piedi, ma poi vide un enorme stivale nero venirgli incontro e colpirlo al mento. Un dolore accecante esplose dentro di lui.

Un istante dopo piombò nell'oscurità.

Capitolo 3

Dagmar le aveva telefonato prestissimo, alle sei del mattino, per informarla di essere bloccata a letto in un hotel di Pechino. «Come mai a Pechino?» aveva domandato Mara mezzo addormentata, senza ricordare che la sorella le aveva parlato di una mostra al Goethe Institut. Per fortuna Dagmar soffriva semplicemente di mal di stomaco. Ma in realtà non aveva ancora superato lo shock di essere stata lasciata da Ian. Non era mai stata capace di trascorrere da sola il Natale.

Anne Jessen l'aveva chiamata sul cellulare, perché durante la notte al marito era salita la febbre – 39,8°, niente di preoccupante. Mara la tranquillizzò e le promise di essere raggiungibile telefonicamente per tutto il fine settimana.

Il suo abito nero era ancora in lavanderia e doveva portare Pluto da Anna. Il labrador aveva già capito che cosa stava per succedere e si era nascosto dietro il divano.

«È solo per una notte!» gli disse lei per convincerlo, ma era proprio vero? Questa volta voleva restare a Colonia davvero solo una notte?

Mentre tirava fuori la valigia, Hendrick la chiamò. L'ex marito numero tre aveva una voce patetica. Sotto le feste l'autocommiserazione aveva sempre il sopravvento in lui. Trattenendo un moto di stizza, si mise la cornetta nell'incavo del collo per avere le mani libere e continuare a fare la valigia, mentre lo ascoltava lamentarsi di essere rimasto sveglio tutta la notte per problemi respiratori.

«È probabile che tu beva troppo», gli disse senza la minima compassione.

«Sei di nuovo in partenza per Colonia?» domandò lui di punto in bianco.

«Per Colonia? Perché dovrei andare a Colonia?» Lei si finse sorpresa.

«Perché ci vai tutti gli anni il 20 dicembre. Lo scorso anno ti ho seguita. Ti ho vista con lui, quell'uomo distinto e anziano, per niente il tuo tipo. All'hotel Duomo, un tavolo per due vicino alla vetrina, poi una breve passeggiata lungo il Reno. Non sapevo che Colonia fosse tanto brutta. Ma a voi chiaramente non interessava.» Hendrick rise, ma anche la sua risata era patetica.

Com'era stato possibile che lei un tempo avesse creduto di amarlo? Era un prepotente, un taccagno e per di più non sapeva perdere.

Lei ebbe un momento di esitazione. Doveva negare tutto, oppure scusarsi?

«Mi hai tradito», proseguì lui in tono accusatorio. «Mi hai tradito per anni. È colpa di questo tizio se tra di noi le cose non hanno funzionato?»

«Questo tizio si chiama Robert Faber ed è un collega», rispose lei, come se dovesse veramente difendersi. In realtà aveva parlato soltanto il suo ex marito, e anche lui a volte aveva manipolato la verità, soprattutto quando gli faceva più comodo. «Lo conosco da molto più tempo di te, e non c'entrava niente con te.»

«Ah, un amore di gioventù tenuto segreto, com'è romantico!» sbottò Hendrick con una risata sarcastica. L'anno passato aveva trascorso il Natale insieme a lui; quest'anno preferiva restare da sola. Anna sarebbe tornata da suo padre, e Robert...

«Non voglio parlarne con te», disse, poi riagganciò, ma prima lo sentì chiedere ancora: «Lo ami?»

Con un gesto stizzito gettò il telefono sulla poltrona nell'angolo dove l'anno prima aveva sistemato l'albero di Natale. Quest'anno non l'avrebbe tirato fuori, quantomeno era ciò che si era detta fino al giorno prima. Che cosa si credeva Hendrick, di poterle fare una simile domanda? Robert era la persona più affidabile che avesse mai conosciuto. A pensarci bene era stato l'unica costante della sua vita. S'incontravano da trent'anni – ma l'amore c'entrava qualcosa? Forse sì...

Era dall'estate precedente, da quando aveva mandato al diavolo Hendrick, che non si sentiva bene. Che cosa le era successo, che cosa ne era stato dei suoi sogni? Aveva cinquantaquattro anni e il bilancio della sua vita non era particolarmente entusiasmante: tre matrimoni falliti, un paio di relazioni, due aborti, una notte in cella per aver ferito con una bottiglia di birra un collega che la importunava, a tutto questo si aggiungeva un conto corrente in rosso dopo che Hendrick aveva prelevato cinquantamila euro, come risarcimento, stando alle sue parole. Risarcimento per che cosa? Per i calzini sporchi sotto il letto, per i rimproveri, le ebbre tenerezze, le costanti telefonate di controllo?

No, ne aveva abbastanza di tipi del genere.

Robert era diverso, aveva sempre un buon profumo, si presentava sempre sbarbato e l'ascoltava. Ma era davvero un'arte? Dopotutto si vedevano solo una volta l'anno.

Nei suoi occhi però c'era sempre quella luce immutabile, una luce limpida che si accendeva quando la vedeva.

Che cosa sarebbe accaduto se quella volta, di fronte al Rockefeller Center, durante il loro primo tango, lei avesse detto: stiamo insieme per sempre?

Si rese conto che ultimamente ci pensava sempre più spesso.

L'ultima volta che era stata seduta in treno diretta a Colonia, aveva pensato di fargli una proposta, la prima in tutti quegli anni. *Che ne diresti di incontrarci prima la prossima volta, magari in aprile, e andare via qualche giorno, a Maiorca, oppure alle Canarie?* Lei non aveva idea di quanto viaggiasse lui. Sapeva che ogni tanto andava a sciare a Samnaun, una località da qualche parte in Svizzera. Gliel'aveva accennato una volta.

All'arrivo lo aveva trovato più taciturno del solito. Sembrava anche invecchiato, smagrito, rugoso, ma non per questo meno attraente. Durante la cena le aveva parlato della moglie, cosa del tutto insolita, e lei aveva capito che non sarebbe riuscita a presentargli la sua proposta. Linda soffriva di depressione. «Forse dipende dal fatto che non abbiamo figli», aveva detto Robert con un sorriso addolorato. «Adesso che ha superato i sessant'anni, la cosa non le dà pace. È singolare, non trovi?»

No, avrebbe voluto rispondere lei, *non è affatto singolare*. Invece era rimasta in silenzio, improvvisamente irrigidita. Non voleva sapere niente di sua moglie, e non voleva neppure essere la sua confidente. Non era mai accaduto negli anni precedenti.

Per fortuna lui aveva percepito il suo disagio e si

era affrettato a cambiare argomento. Nel loro rapporto era più sensibile di tutti gli altri uomini da lei incontrati.

Più tardi, mentre le parlava con trasporto delle montagne, lei si era resa conto che in tutti quegli anni Robert non le aveva mai chiesto se avesse dei figli. Era come se presumesse tacitamente che anche lei fosse sola.

A letto poi si era dimostrato tenero come sempre. Per lui era come se lei non avesse età, come se gli anni accumulati non fossero passati per davvero, bensì fossero scivolati via da loro come sogni insignificanti.

Forse si amavano per davvero, ma allora perché non avevano mai tentato di vivere il loro amore?

Ora però sua moglie era morta.

Lei non avrebbe dovuto saperlo, invece lo sapeva. C'erano diverse informazioni su Robert Faber in rete: il suo studio medico, l'appartenenza al circolo velico di Schondorf, la sua breve partecipazione nell'amministrazione locale, per fortuna con i Verdi.

E ora, da quattro settimane, la notizia che Linda Faber era deceduta dopo una breve malattia. Era più vecchia di Robert, purtroppo non c'erano foto di lei su Internet.

Mara era stata sul punto di telefonargli a notte fonda, ma poi si era ricordata delle regole tra di loro, quelle ferree regole che lei stessa aveva stabilito: «Niente notizie, niente telefonate, niente domande».

Maledizione, stava invecchiando. Sentiva il bisogno di trovare finalmente qualcuno con cui condividere la vita.

Mentre finiva di fare la valigia, il telefono suonò di nuovo. Si aspettava di veder comparire sul display il numero di Hendrick, ma per fortuna era Anna.

«Mamma, c'è un problema», annunciò la figlia, come al solito senza neppure un saluto.

Mara aggrottò la fronte. Ovvio, che c'era un problema. Non era mai capitato che Anna si presentasse a un appuntamento senza qualche disguido. Inoltre si assomigliavano troppo, e bastava già questo a farle litigare spesso.

«Lo so già», disse Mara. «Non vuoi prendere Pluto con te, ma devi, del resto è solo per una notte e un giorno.»

«Tom ha trovato un ingaggio dell'ultimo minuto – stasera presto, Hafencity, una festa di Natale per una società di Internet, ci frutterà mille euro tondi ciascuno.» Anna sembrava entusiasta, ma forse non c'era da sorprendersi. La sua carriera di cantante aveva subito un pesante tracollo quell'anno. Il CD che aveva prodotto con Tom e che volevano vendere su Internet era andato malissimo, ma lei si illudeva ancora di poter guadagnare soldi con la musica.

«Non è affatto un problema», replicò Mara senza riflettere. «Se porti fuori Pluto alle sei, poi resisterà tranquillamente fino alle otto di domattina. Vi basterà alzarvi un pochino prima.»

«Mamma, la nostra esibizione è prevista per le sei e prima dobbiamo provare l'impianto. Inoltre dobbiamo ancora definire un paio di canzoni nuove.» Anna sembrava contrariata. «Non può prenderlo Dagmar?»

«Dagmar è a Pechino e a Hendrick non voglio darlo.»

Anna sbuffò. Non aveva mai sopportato il patrigno. «Non puoi portarlo con te, allora?» propose titubante.

«No!» esclamò Mara. Sarebbe stato come infrangere le regole: la notte a Colonia apparteneva a lei e Robert soltanto. «Vorrà dire che dovrai venire a prendere Pluto dopo lo spettacolo», proseguì in tono severo. «Può restare da solo fino ad allora.»

Chiuse la comunicazione con un brusco saluto.

Ora le toccava portare il cane fino all'Alster prima di poter chiamare un taxi per andare alla stazione. Mancavano pochi minuti alle 12. Per fortuna era sabato, così aveva più tempo libero.

Scesa in strada, le parve di scorgere Hendrick che la teneva d'occhio. Che la spiasse pure, a lei era del tutto indifferente. L'importante era che non si presentasse più nel suo studio a farle una scenata. La sua incontrollabile gelosia era davvero ridicola.

Arrivata al parco, liberò Pluto dal guinzaglio. Anche lui sembrava di pessimo umore e non la degnò di uno sguardo, trotterellando controvoglia per un prato.

«Pluto», lo rimproverò. «Sei il mio cane. Almeno tu dovresti dimostrarmi un po' d'affetto.»

Senza voltarsi l'animale corse fino all'acqua.

Ancora poche ore e poi sarò tra le braccia di Robert. Forse dovrei accontentarlo una buona volta e rinunciare al tango. Non gli aveva mai raccontato che quando era all'università aveva frequentato un ragazzo argentino con il quale per un inverno non avevano fatto praticamente altro che ballare il tango.

A una cinquantina di metri da lei, vicino a una panchina, c'erano un uomo e una donna intenti a litigare. Oppure si trattava di un'aggressione in pieno giorno? Mara accelerò l'andatura. L'uomo spintonò la donna lontano da sé imprecando. «Puttana, mi fidavo di te... e tu che cosa mi fai?» gridava.

La donna indietreggiò curvandosi su se stessa.

Aveva i capelli arancione. Non si difendeva, ma a ogni spintone faceva una smorfia.

«Le serve aiuto?» chiese Mara da lontano. «Quest'uomo la sta importunando?» Un attimo dopo si guardò intorno alla ricerca di Pluto. Non avrebbe guastato avere il cane al proprio fianco, invece Pluto saltellava distratto in riva all'acqua.

La donna fece un cenno di diniego, quasi a dire posso cavarmela da sola.

A quel punto accaddero due cose contemporaneamente. Pluto spaventò un cigno bianco che spiccò il volo maestoso; l'uomo le si avvicinò minaccioso con i pugni alzati; alle sue spalle comparve un altro uomo che somigliava in maniera incredibile a Robert. Ma che cosa ci faceva Robert a quell'ora lì ad Amburgo? Un attimo più tardi Mara udì alle proprie spalle il rombo sempre più forte di un motore. L'uomo con i pugni alzati ormai l'aveva raggiunta. Le gridò qualcosa che lei non intese. Fece un passo di lato. Pluto abbaiò rabbioso mentre lei veniva gettata a terra. Uno scooter bianco guidato da un giovane con un giubbotto giallo l'aveva investita. Andò a sbattere con il busto contro la panchina. Rimase di colpo senza aria, mentre un dolore lancinante le trafiggeva il corpo.

L'ultima cosa di cui si rese conto fu il volto preoccupato di un uomo biondo che si chinava su di lei e Pluto che accorreva abbaiando a grandi balzi.

Capitolo 4

Devo dirglielo, pensò Mara, *devo dirgli tutta la verità e che mi dispiace e che lo amo...* per un istante sentì nuovamente le note del tango che l'argentino con la chioma nera lucida di brillantina aveva suonato trent'anni prima al Rockefeller Center, così limpide e forti come se fosse lì accanto a lei. Da dove giungeva questo ricordo improvviso in mezzo alle fitte dolorose che le causava ogni respiro? Per un istante, mentre era sdraiata accanto alla panchina, circondata dall'uomo biondo e dalla donna con i capelli arancioni che all'improvviso erano amichevoli e disponibili, ebbe la sensazione di dover morire, lì sul colpo, proprio il 20 dicembre, il suo giorno fatidico.

Si ritrovò a bordo dell'ambulanza che era stata chiamata dal giovane motociclista colto dai sensi di colpa. Un giovane paramedico le aveva steso sopra una coperta e le stava misurando la pressione. Partirono dal parco a sirene spiegate.

«Portatemi alla clinica universitaria di Eppendorf», disse Mara con voce arrochita, perché aveva la bocca intorpidita e non riusciva a respirare, «e datemi un antidolorifico. Devo essermi rotta una costola.»

Preferì non pensare all'ipotesi che potesse esserle capitato di peggio.

L'uomo la osservò. «Io la conosco», dichiarò imperturbabile. «O per meglio dire, conosco sua figlia. Sono stato nel suo studio una volta per un raffreddore da fieno. I granuli che mi ha dato non sono serviti a niente.»

Mara richiuse gli occhi. Poi le venne in mente Pluto. Che fine aveva fatto?

Cercò di sollevarsi, ma rimase nuovamente senza fiato.

«Non si preoccupi», disse il paramedico come se le avesse letto nel pensiero. «Il cane è seduto davanti. Non può stare qui dietro per questioni igieniche. Lo abbiamo fatto salire attirandolo con un panino imbottito. È un animale ubbidiente.» Sorrise, come se fosse riuscito a portare a termine un'impresa particolarmente ardua.

Guardando l'orologio che aveva al polso, Mara si accorse che erano le tredici e sei minuti. Il suo treno sarebbe partito tra quaranta minuti esatti. Come avrebbe potuto arrivare a Colonia puntuale? Di sicuro le avrebbero fatto delle lastre e, in base ai normali protocolli ospedalieri, la procedura avrebbe richiesto dalle due alle tre ore, ma se fosse riuscita a convincere un tassista a portarla sino a Colonia, poteva ancora pensare di arrivare per le otto. In quel caso forse avrebbe dovuto rinunciare soltanto al tango di Natale.

Come provò a muoversi leggermente, fu trafitta da un'altra fitta lancinante in tutto il corpo. Nonostante ciò riuscì a estrarre il cellulare dalla tasca.

Anna rispose al terzo squillo.

«Mamma», la rimproverò, «non devi chiamarmi

in continuazione. Stai tranquilla, baderò io a Pluto una volta finito il concerto.»

«No», disse Mara, assalita da una nausea improvvisa a causa dei dolori. «Devi venire subito. Ho avuto un incidente e mi stanno portando alla clinica universitaria.»

Sua madre era fatta così. Quando era in difficoltà, si attaccava al telefono e la chiamava: Anna, tesoro mio, ho avuto un guasto alla macchina, potresti venirmi a prendere? Anna, ho comprato un comò con specchiera dall'antiquario – potresti aiutarmi a portarlo a casa? Anna, mi è scappato il cane e io devo andare in ambulatorio, potresti essere tanto gentile da andarlo a cercare?

Adesso era la volta dell'incidente: Anna doveva lasciar perdere tutto il resto e correre in ospedale.

A volte non si stupiva del fatto che suo padre non fosse riuscito ad andare d'accordo con lei, anche se in realtà era stata lei a lasciarlo. Per un po' di tempo, se doveva essere sincera, fino a un paio di anni prima, lei aveva cercato di farli riavvicinare, ma che cosa avevano in comune il professor Wolf Kaden, specialista di cardiochirurgia, e Mara Simon, esperta di agopuntura, di omeopatia e ultimamente di medicina tradizionale tibetana? Non molto davvero.

Anna valutò brevemente l'idea di telefonare a Tom per chiedergli di andare in ospedale a prendere il cane e informarsi sulle condizioni della madre, ma poi il senso del dovere ebbe il sopravvento.

Il cane era accovacciato nella guardiola del portiere, intento a mangiare patatine. Registrò distrattamente l'arrivo di Anna quando infilò la testa dentro.

«Potrei lasciare qui il cane ancora per qualche minuto?» domandò. «Vorrei andare a trovare mia madre.»

«Nessun problema.» Il vecchio portiere calvo le sorrise a tutta bocca. «Anch'io avevo un cane. Gli insegnavo un sacco di giochetti.»

Anna ricambiò il sorriso. «Pluto è piuttosto tonto. Ubbidisce soltanto a "Seduto", "A terra" e "giù".»

Mentre si voltava, udì il portiere ordinare «Giù, Pluto!» e il cane uggiolare forte.

La madre si trovava ancora al pronto soccorso, ma le avevano assegnato un letto. Era molto pallida e Anna si spaventò. Che cosa le era successo? Al telefono non le era sembrata spaventata né sconvolta, come se al massimo si fosse slogata una caviglia.

Superando un'anziana infermiera, accorse al capezzale della madre.

Mara alzò lo sguardo, gli occhi lucidi come se stesse per mettersi a piangere.

«Devi partire subito per Colonia al posto mio», disse.

«Prima spiegami che cosa è successo.» Anna avvertì la collera riaccendersi dentro di lei. Persino da un letto di ospedale la madre le impartiva ordini.

«Sono caduta e ho colpito lo spigolo di una panchina con il busto. Dalla radiografia risultano tre costole rotte, di cui una potrebbe aver lesionato il polmone.» La madre formulò la diagnosi con precisione clinica. «Significa che molto probabilmente passerò il Natale in ospedale. Per questo devi partire tu al posto mio.»

«Per Colonia? Adesso?» esclamò Anna incredula.

Mara cercò di sorridere. «Sì» alitò. «Non ti ho mai pregato di fare niente, ma adesso ti chiedo di rinunciare alla tua esibizione e di partire. È molto importante.»

Anna scoppiò a ridere. Che cos'era quella storia? Voleva imporle di nuovo la sua volontà? «Secondo te come dovrei fare? Tra poche ore dobbiamo salire sul palco. E che cosa c'è di tanto importante a Colonia?»

Guardò la madre con espressione diffidente. Alla fine le aveva posto questa domanda, dopo tanti anni ci era riuscita. Fin da quando era bambina, la madre partiva per Colonia tutti gli anni prima di Natale, eludendo qualsiasi domanda al riguardo. Non aveva mai rivelato a nessuno, neppure a suo padre, che all'occorrenza sapeva essere severo e intransigente, che cosa andasse a fare in quella città. In seguito era diventata una specie di abitudine, come la visita di controllo annuale dal medico.

La madre era titubante e stropicciava il lenzuolo con gesti nervosi. Poi disse: «Devi andare all'hotel Duomo e chiedere di Robert Faber. Oltre a te è la persona più importante della mia vita».

Capitolo 5

Due mani robuste lo trascinarono fuori dall'acqua. Rantolando, sputò acqua gelida e amara. Aveva la nausea e tremava di freddo. Si rimise in piedi faticosamente, ma sarebbe caduto di nuovo se le braccia di prima non lo avessero sorretto.

«Tutto a posto?» gli chiese qualcuno.

Robert si riscosse. Tutto a posto? Aveva perduto i sensi per qualche istante ed era caduto lungo disteso nel fiume. Solo in quel momento si accorse che le braccia erano quelle di un poliziotto in uniforme. Evidentemente qualche passante doveva aver assistito al litigio in riva al fiume e aveva chiamato la polizia.

«Venga», gli disse l'agente. «Deve mettersi al caldo, altrimenti le verrà una polmonite.»

Robert non era ancora in grado di parlare. Tremava da capo a piedi e i denti gli battevano con violenza. *Il freddo oppure lo shock*, si disse. Si guardò intorno cercando la donna. Dov'era? Altri due poliziotti si occupavano dell'uomo con la tuta di pelle. Uno di loro aveva persino estratto la pistola.

«Si tolga il casco!» gli ordinò quello armato con voce perentoria. «E lo posi per terra – lentamente.»

L'uomo sbuffò e si prese il casco con le mani.

«Lo sa che non può più avvicinarsi alla sua ex moglie», proseguì il poliziotto.

«Ci serve un'altra ambulanza.» L'agente che lo sosteneva parlò alla radio, senza perderlo di vista.

A Robert parve di vedere in lontananza la donna che veniva portata via da un altro poliziotto. Poi si sentì mancare all'improvviso. Le ginocchia gli cedettero e lui crollò letteralmente tra le braccia dell'agente. Il cuore gli batteva forte e aveva la vista annebbiata. Era prossimo a un collasso.

«Ehi!» disse l'uomo. «Non faccia sciocchezze!»

Poco dopo Robert percepì confusamente la sirena di un'ambulanza che procedeva a scossoni sul prato verso il fiume. Come un bambino troppo cresciuto, stava rannicchiato in grembo al poliziotto che gli aveva posato la giacca dell'uniforme sulle spalle.

Un paramedico saltò giù dall'ambulanza e gli mise addosso una coperta.

«Avevo paura che mi crepasse tra le braccia», disse il poliziotto con una nota di evidente sollievo.

Tutto si fece confuso. Sentiva la pioggia sulla pelle, una pioggia fredda, era sempre riverso nel fiume, dopo essere stato picchiato da uno sconosciuto. Aveva tenuto la mano di Linda quando era morta. Avrebbe sempre desiderato una figlia, che camminasse accanto a lui, le dita delicate posate nella sua mano. Custodiva dentro di sé questo struggimento, sgorgato la prima volta che aveva fatto l'amore con Mara. Ricordava ancora lo sconcerto di entrambi, quando quella sensazione li aveva spazzati via insieme – in quella camera con vista sugli alberi spogli di Central Park. Che cosa era stato? Che cosa stava capitando loro? Erano stati assaliti da un'emozione travolgente, che li aveva sommersi come un'onda gigantesca. Mara gli aveva sussurrato qualcosa all'orecchio, no, gli aveva accennato le note di una melodia. Dopo si erano rivestiti ed erano corsi fuori. Mara aveva abbracciato un Babbo Natale su Madison Avenue, baciandogli la barba bianca posticcia, poi avevano raggiunto a piedi il Rockefeller Center, dove il violinista dalla chioma nera aveva suonato il suo tango.

Robert si svegliò di colpo e si drizzò a sedere. Si era addormentato? Era stato soltanto un incubo? La donna con le rose rosse? La caduta in acqua? No, era in un letto d'ospedale. Gli avevano infilato un pigiama bianco. Sopra al letto era accesa una luce al neon e qualcuno lo stava fissando: un uomo con i capelli neri e la pelle scura lo salutò dal letto vicino.

«Tutto ok, amico», gli disse con accento di Colonia. «Pensavo che ti avessero sparato fuori con i tranquillanti.»

Sparato fuori?

Robert si mise a sedere. Che ore erano? Fuori dalla finestra era buio pesto, non c'era più neppure un barlume di luce.

Sarebbe voluto balzare giù dal letto, ma la pressione si fece subito sentire. Appena si mosse, fu assalito da un mancamento. Probabilmente aveva una commozione cerebrale. Anche il braccio sinistro aveva qualcosa che non andava.

«Calma, amico!» Il suo vicino di letto si era sollevato. Era un giovane turco, ora Robert lo capì, dall'aria sorridente e in apparenza sano come un pesce.

«Mi scusi», riuscì ad articolare con voce arrochita, «Mi sa dire che ore sono?»

Il turco si voltò e aprì il cassetto del suo comodino da cui estrasse un orologio d'oro. «Quasi le sette», rispose indifferente. «L'ora di cena ormai è passata da un pezzo, se è questo che vuoi sapere, ma di sicuro l'infermiera ti darà qualcosa, se glielo chiedi.»

Le sette? Mara doveva già essere arrivata in albergo da un pezzo – chissà com'era preoccupata.

Robert tentò nuovamente di alzarsi, ma si sentì mancare un'altra volta. Quando sollevò la manica del pigiama si accorse di avere una brutta escoriazione.

Il turco lo guardava. «Ce l'hai un nome? Qui nessuno sa chi sei. Le infermiere continuano a passare per vedere se sei sveglio.»

«Mi chiamo Robert Faber», rispose con una certa formalità. Non era abituato a sentirsi dare del tu da degli sconosciuti. Da lui in Baviera non si faceva. Possibile che fosse uscito senza portadocumenti? Già, probabilmente l'aveva lasciato in camera. Dopo tutto era uscito solo per comperare un CD di tanghi. Ora doveva capire come fare per uscire da quell'ospedale.

Il turco si mise seduto a gambe incrociate sul letto e prese il telecomando del televisore, appeso al muro di fronte ai letti – l'unico mobile della camera a parte due sedie e un armadietto.

Robert piegò con cautela le gambe verso di sé. Gli costò un po' di fatica, ma constatò con sollievo che non avevano subito danni di sorta. Quando provò a girarsi su un fianco per mettersi a sedere sul ciglio del letto, fu assalito da una nuova vertigine.

«Io sono Mahmut», si presentò intanto il turco mentre faceva zapping tra i canali. Voci e suoni indistinti riecheggiavano dal televisore.

Robert venne assalito dalla nausea. Evidentemente stava più male di quanto gli sembrasse. Aprì il cassetto del comodino. Dov'era il suo cellulare? Quando era in riva al fiume ricordava di averlo avuto. Il cassetto era vuoto.

Posò stancamente la testa sui cuscini.

«Credo che hanno paura che te ne vai senza pagare», proseguì il turco. «Non gli va di avere qui gente che non conoscono.» Teneva lo sguardo incollato allo schermo. Un Babbo Natale a bordo di una slitta correva nella notte facendo la pubblicità a un cioccolato.

Devo riuscire a tornare in albergo, si disse Robert. Non poteva permettere che Mara lo aspettasse seduta in camera, chiedendosi se lui non fosse ripartito all'improvviso. Ma prima doveva chiamarla, per informarla che avrebbe ritardato a causa di un piccolo incidente. Oppure Mara poteva andarlo a prendere direttamente, portandogli le sue cose.

Con molta fatica Robert si mise a sedere sul ciglio del letto. «Devo fare una telefonata», mormorò tra sé, come se queste parole potessero fargli forza.

Quando il turco voltò il capo verso di lui sorridendo, Robert gli chiese: «Lei ha un telefono? Potrei usare il suo cellulare?»

Il turco scrollò le spalle. «Ho scordato tutto. È stata un'emergenza. Emorragia gastrica. Un tumore, probabilmente. È una cosa di famiglia.» Lo disse in tono indifferente, come se parlasse di una banale infezione intestinale.

Per un istante Robert non seppe che cosa rispondere. Fece un profondo respiro, come in preparazione di un'ardua impresa. Ma se non riusciva a fare il breve tragitto fino all'armadio, come pensava di tornare all'hotel Duomo?

Avanzò barcollando verso l'armadio. Fatti pochi passi, fu assalito di nuovo dai brividi. Si guardò le gambe, bianche e smunte, che di colpo gli sembravano appartenere a un altro. L'armadio era vuoto. Naturale, i suoi vestiti erano fradici, in ogni caso non gli sarebbero serviti a niente. Non c'erano neppure oggetti personali, nessun mazzo di chiavi, nessun cellulare.

Si era appena girato per tornare verso il letto, quando si sentì bussare alla porta. *Finalmente un dottore*, pensò Robert. Gli avrebbe dato le proprie generalità e avrebbe chiarito velocemente le cose, poi sarebbe stato dimesso.

Sulla porta c'era un poliziotto in uniforme, che lo fissava come se lo avesse sorpreso a commettere un crimine. Robert ebbe quasi la tentazione di alzare le mani.

Senza neppure scusarsi per il disturbo, l'agente chiuse energicamente la porta dietro di sé. «Bene, vedo che è sveglio», dichiarò in tono formale. «Così potrà rendere testimonianza. Come mai si trovava in riva al fiume? È possibile che abbia aiutato Martin Krol ad aggredire la moglie?»

È uno scherzo, pensò Robert. *Qualcuno mi sta facendo uno scherzo di pessimo gusto*. Com'era possibile pensare che lui fosse coinvolto nell'aggressione alla donna?

Il poliziotto aspettò che Robert fosse tornato a letto, poi invitò il turco, con una voce che non ammetteva repliche, a uscire dalla camera per qualche minuto. Doveva condurre un interrogatorio.

Mahmut rivolse un sorriso incoraggiante a Robert che lo ricambiò. Ora sì che si sentiva ancora più debole.

Il poliziotto avvicinò una seggiola. «Ci sono un paio di punti da chiarire. È stato visto seguire Frau Krol. Un testimone afferma che sembrava un vero e proprio pedinamento.»

«Ma... è un errore. Non conosco quella donna. Però

mi ricordava qualcuno, così l'ho seguita, e poi ho pensato che volesse togliersi la vita buttandosi in acqua.» Robert alzò stancamente le mani. Credeva di avere la febbre. «E poi l'uomo ha aggredito anche me. Io sono corso in aiuto della donna. Ci sarà pure un testimone che ha visto la scena.»

«Lei non aveva documenti con sé!» osservò perentorio il poliziotto, senza badare alle ultime parole di Robert.

Robert diede le proprie generalità, indicando pure il titolo di dottore, cosa che lasciò del tutto indifferente il poliziotto. «Alloggio all'hotel Duomo... senta, stasera ho un appuntamento molto importante. Perciò devo...»

«Non abbiamo ancora raccolto la testimonianza della donna, e verificheremo le sue dichiarazioni», lo interruppe l'agente. «Per il momento non può lasciare l'ospedale, e comunque i medici non glielo permetterebbero per motivi clinici.»

A Robert venne quasi da ridere. I medici non glielo avrebbero permesso? Era un medico lui stesso, avrebbe trovato un modo per uscire dall'ospedale, se necessario anche senza permesso.

Il poliziotto prese qualche appunto, ma invece di tirar fuori un cellulare, come aveva presunto Robert, per verificare subito le sue dichiarazioni, si alzò. «Devo perciò pregarla di restare qui finché la questione non sarà stata chiarita.»

«Che cosa ne è stato della donna?» domandò Robert. «Perché il marito l'ha aggredita?»

L'agente si rimise in tasca il taccuino e assunse un'aria un po' più amichevole. «La signora Rosa Krol sta bene. A parte qualche escoriazione non ha riportato danni, ma il marito è davvero un individuo pericoloso. Ci sono già tre denunce contro di lui. Da quando il figlio è annegato nel Reno l'estate scorsa, minaccia di voler uccidere la moglie. La ritiene responsabile della morte del bambino.»

«Il figlio è annegato nel Reno? È per questo che gettava rose rosse nel fiume?»

Il poliziotto si avviò verso la porta. «È probabile. Una vera tragedia famigliare. Oggi sarebbe stato il compleanno del bambino. Avrebbe compiuto sette anni. Per questo Martin Krol ha perso completamente il controllo.» Rivolse un cenno di saluto a Robert. «Le faremo sapere. Se le sue dichiarazioni verranno suffragate, sarà chiamato a testimoniare.»

Capitolo 6

Prima di essere sospinta verso la sala operatoria, Mara le gridò ancora: «Mi prometti che partirai?»

Anna fece un cenno d'assenso. La madre doveva essere operata d'urgenza, perché c'era il pericolo che la costola rotta potesse penetrare di più nel polmone. Questo almeno era quanto le aveva spiegato un dottore in poche parole. Ciò nonostante non provava alcuna compassione. Non voleva andare a Colonia per incontrare un perfetto sconosciuto con il quale molto probabilmente la madre aveva una relazione da anni. Oggi era il giorno della sua esibizione, finalmente poteva cantare di nuovo davanti al pubblico, anche se si trattava soltanto di una festa di Natale di un gruppo di pubblicitari. E poi voleva affrontare Tom e dirgli una volta per tutte la verità, informarlo di essere incinta – alla dodicesima settimana – e che intendeva tenere il bambino. Poteva immaginare facilmente la sua reazione; avrebbe fatto fuoco e fiamme. Ormai conosceva i suoi obiettivi, era musicista e sognava di aprire uno studio a New York; un bambino non rientrava nei suoi progetti. Oppure era meglio aspettare la vigilia di Natale, per dargli la lieta novella? Ma era stata invitata dal padre, come tutti gli anni, e non poteva certo dirgli di no.

Quando infilò la testa dentro la portineria, vide che Pluto si era addormentato ai piedi dell'uomo calvo. «Sembra che si trovi bene qui», disse quello, prima di sollevare un telefono sul quale lampeggiava una lucina rossa.

«Glielo lascio volentieri», replicò Anna, ma Pluto alzò il muso e trotterellò verso di lei.

A volte si sentiva davvero sopraffatta. Voleva fare la cantante, voleva essere felice con Tom, e avrebbe voluto vedere la madre al massimo due volte l'anno. Mara si comportava sempre come se fosse la sua migliore amica, ma non lo era; era una donna che stava invecchiando e molto probabilmente aveva paura di restare sola.

Mentre guidava verso Hafencity, cercò di mettersi in contatto con Hendrick, al quale doveva affidare il cane, ma continuava a risponderle la segreteria telefonica. Lasciò un breve messaggio chiedendogli che la richiamasse, pur sapendo che lui si sarebbe guardato bene dal farlo. Anche a casa del padre non rispose nessuno, neppure la governante; ma era probabile che avesse il sabato sera libero. Non le restava che portare il cane a fare pipì da qualche parte e poi chiuderlo in auto fino al termine dell'esibizione.

Mentre cercava un parcheggio, ebbe l'impressione di percepire per la prima volta il bambino, anche se non poteva essere così.

Lasciò trotterellare Pluto lungo il marciapiede. Lui alzò la zampa contro un lampione. Lei gli mise il guinzaglio e lo riportò verso la vecchia Golf. Per fortuna non faceva troppo freddo e il cane avrebbe resistito per un po' nel bagagliaio. Il vecchio labrador balzò faticosamente a bordo e si accucciò rassegnato.

A questo punto Anna prese il telefono e compose il numero dell'hotel Duomo di Colonia. Erano quasi le quattro e mezza.

Le rispose una voce zelante.

«Potrei parlare con il signor Robert Faber, per favore?» chiese lei, stupita della propria agitazione. Era il caso di chiedere a quello sconosciuto chi fosse e perché s'incontrava con sua madre probabilmente da anni sempre nello stesso giorno?

«Mi rincresce», rispose prontamente il portiere. «Il dottore è uscito un paio di minuti fa. Vuole lasciargli un messaggio?»

«Sì, grazie», rispose Anna senza pensare. «Sono la dottoressa Mara Simon. La prego di salutarlo da parte mia e di dirgli che quest'anno purtroppo non potrò essere presente al nostro appuntamento. Gli auguro un felice Natale e mi farò sentire dopo le feste.»

Senza aspettare la risposta del portiere, riattaccò.

Capitolo 7

Non avrebbe dovuto seguire la donna; se si fosse limitato a comprare un CD di tanghi, a quel punto sarebbe stato seduto con Mara al ristorante, pregustando una serata emozionante e una nottata meravigliosa. Ma lui era fatto così, rimuginava troppo, rifletteva troppo su come sarebbe stato se... ora doveva assolutamente trovare dei vestiti per potersene andare di nascosto dall'ospedale.

Non appena il poliziotto fu uscito dalla camera, comparve un'infermiera che gli chiese le generalità, commentando con una scrollata di spalle le sue risposte. Quando lui le domandò se poteva telefonare, gli rispose: « Deve chiedere alla caporeparto ».

« Suvvia », disse lui cercando di darsi un tono spiritoso. « Non credo che qui a Colonia sia tanto difficile fare una telefonata. »

« Dipende », ribatté l'infermiera prima di uscire.

Lui lasciò cadere pesantemente la testa sui cuscini. Se avesse dovuto farsi un'autodiagnosi, avrebbe detto che aveva subito una grave commozione cerebrale e, a causa dell'ipotermia, aveva una leggera febbre che nel corso della notte sarebbe sicuramente aumentata.

Quando il turco rientrò in camera, Robert trasalì. Si era appisolato senza rendersene conto. Mahmut lo guardò con aria preoccupata.

«Ehi, non mi sembri un delinquente. Che cosa hai combinato? Che cosa voleva da te la polizia?» domandò curioso mentre tornava a letto.

Robert scrollò il capo. «Ho assistito a un'aggressione», rispose con zelo eccessivo, come si accorse lui stesso. «Volevo aiutare una donna e sono finito nel Reno. Tutto qui.»

Il turco aggrottò la fronte incredulo, come se non sapesse bene se credere a questa risposta. Poi riprese in mano il telecomando e accese il televisore.

Robert si rese conto che Mahmut era l'unica persona che potesse aiutarlo.

«Sono in una situazione disperata», spiegò. «Tra un'ora ho un appuntamento importante all'hotel Duomo, ma purtroppo non ho con me neppure un soldo né dei vestiti da indossare.»

Il turco lo guardò con espressione vacua, poi tornò a fissare lo schermo.

«Forse», proseguì Robert, assalito improvvisamente dalla sensazione che il turco non lo comprendesse più, «potresti prestarmi qualche euro e un pullover e un paio di calzoni. Mi sembra che abbiamo la stessa taglia.» Gli costava fatica dare del tu al turco.

Mahmut sorrise e si sdraiò a letto. «Ho capito», disse toccandosi la fronte con un dito. «Te la vuoi svignare, vuoi prendere il largo, ma anche se volessi, ho solo due euro con me. E questo!» Balzò in piedi, andò all'armadietto e lo spalancò. Dentro c'era appeso solo un accappatoio giallo. «Come ti ho detto, sono stato portato qui d'urgenza per emorragia gastrica. Non ho fatto in tempo a prendere niente con me.»

Robert chiuse gli occhi. Un dolore lancinante gli si propagava a ondate dietro la fronte, come se l'effetto degli antidolorifici che gli erano stati somministrati cominciasse a diminuire. Come si poteva privare un turco malato di tumore dei suoi ultimi due euro? Non avrebbe mai immaginato di trovarsi un giorno in una situazione simile.

All'improvviso udì dei passi pesanti in corridoio, poi una campanella e una risata baritonale e impostata, «hohoho».

Aprì gli occhi di scatto. Quei suoni provenivano dal televisore? No, il turco aveva abbassato il volume e guardava una partita di biliardo su un canale sportivo.

«Arrivano le strenne natalizie», annunciò Mahmut senza distogliere lo sguardo dallo schermo, «ma io sono musulmano. Non mi interessano i vostri festeggiamenti cristiani. Molto probabilmente a me non regaleranno niente, a parte una stretta di mano. Conosco questa gente.» Sbuffò sprezzante.

«Le strenne natalizie?» Robert tornò a sedersi sul ciglio del letto. Fu assalito all'istante da un mancamento. «Come mai? È ancora troppo presto. È solo il 20 dicembre.»

«Qui è una tradizione. Babbo Natale e il vescovo – o comunque qualcuno della cattedrale – passano poco prima di Natale di camera in camera a distribuire regali. Probabilmente non hanno tempo di farlo la sera di Natale. Questo è un ospedale cattolico.»

Sentirono il suono di una risata attutita dalla camera accanto, poi di nuovo la campanella e i passi in corridoio. I prossimi sarebbero stati loro?

Robert si sdraiò di nuovo e si mise una mano tra i

capelli, ma nessuno aprì la porta. Anche i rumori tacquero.

Robert rimase in ascolto teso. In corridoio era tornato il silenzio. Si erano immaginati tutto e il turco lo aveva preso in giro.

Mahmut spense il televisore e si coricò, tirandosi il lenzuolo sotto il mento. «Sono nella camera di fronte, la 216. Vedrai che tra poco vengono da noi.» Lo disse come se avesse preso parte già diverse volte a quel rituale.

Un istante dopo si sentì il trillo di una campanella e un colpo alla porta.

Robert avrebbe tanto voluto fingere di dormire. Dopo che la porta si fu aperta come per magia, un Babbo Natale in carne e ossa, con la barba di ovatta bianca e il berretto rosso, entrò portando un pesante sacco nero, seguito da un prete ancora giovane, magro e con i sottili capelli biondi ordinatamente lisciati.

«Buonasera a voi», disse Babbo Natale, e il giovane sacerdote fece il segno della croce. «Il miracolo del Natale è vicino.»

Capitolo 8

Mara si risvegliò in una minuscola camera singola. Era immersa nell'oscurità, a parte una lucina d'emergenza sopra il letto che emanava un fioco chiarore. Quando si mosse, avvertì la fasciatura sul fianco sinistro. Respirava ancora a fatica, ma se non altro le fitte lancinanti erano sparite. A tentoni cercò il comodino accanto a sé. Chissà dove avevano messo le sue cose, l'orologio e il Nokia. Non aveva idea di che ore fossero. Le sette, le otto? Si augurava che Anna si fosse messa subito in viaggio per Colonia.

«Salve, è sveglia?» La voce, insicura ma decisamente maschile, proveniva da un angolo buio della stanza.

Mara trasalì stupefatta. Hendrick era lì con lei? Era stato informato dell'incidente? No, l'uomo che si stava alzando e si avvicinava era molto più giovane, portava un paio di jeans sporchi, aveva i capelli corti tinti di biondo e sorrideva titubante.

«Chi è lei? Che cosa ci fa qui?» Mara si guardò in giro di nascosto alla ricerca del campanello per chiamare l'infermiera. Aveva sorpreso un ladro? Non era possibile, non aveva oggetti di valore con sé. Inoltre sembrava che l'uomo fosse rimasto seduto lì con lei per parecchio tempo.

«Gli ho raccontato che ero suo figlio», spiegò l'uomo. Quando sorrideva appariva ancora più giovane e vulnerabile. «Così mi hanno fatto entrare. Sapevo il suo nome. Ho sperato per tutto il tempo che non le fosse accaduto niente di grave. Volevo scusarmi con lei... mi chiamo Edgar.»

Mara socchiuse gli occhi. Il giubbotto giallo che indossava... di fronte a lei c'era il giovane che l'aveva investita con lo scooter. Ora, visto da vicino, sembrava più vecchio e non più il diciottenne che le era parso inizialmente.

«Lei stava attraversando il parco con lo scooter, vero?» domandò Mara cercando di sollevarsi. Una fitta di dolore l'assalì alla parte sinistra del petto.

Edgar annuì e corrugò la fronte. Indossava un paio scarpe di tela così consumate che le dita avevano bucato la stoffa. Mara non aveva mai visto niente del genere in un uomo. «In realtà le cose sono un po' più complicate... lo scooter non era mio, me l'aveva prestato un amico... dovevo presentarmi presso un piccolo teatro.» Indicò una custodia da violino piuttosto malridotta posata sulla sedia da cui si era alzato. «Le propongo un patto: ogni tanto le suono qualcosa se lei non sporge denuncia. In questo momento una denuncia per me sarebbe un problema.»

«Si trova nei guai?» domandò Mara.

Edgar annuì, passandosi una mano nei capelli tinti. «Sono in libertà condizionata, niente di grave. Ho infranto la legge sugli stupefacenti. Diciamo che mi hanno beccato con un po' di droga leggera. A volte ho bisogno di fumare marijuana. Niente di che.» Guardò Mara con aria impacciata.

Doveva avere almeno venticinque anni, forse qualcosa di più, valutò Mara. A guardarlo più attentamente si vedeva che aveva già qualche ruga intorno agli occhi.

«Spero almeno che lei abbia la patente per lo scooter?» gli domandò. Le era venuta quasi voglia di chiedergli di accompagnarla a Colonia, anche se l'intervento appena subito e le sue abilità come motociclista lo sconsigliavano.

Edgar fece una smorfia come se quella domanda gli causasse un serio disagio. «Attualmente no, purtroppo, ma in realtà non ha importanza. So guidare qualunque veicolo, all'occorrenza, persino i camion. Mi piacerebbe davvero fare qualcosa per lei, non importa quanto costi.»

Mara ci pensò un istante. «Sì», disse poi, mentre Edgar continuava a fissarla intensamente. «In effetti potrebbe aiutarmi. Mi mancano i miei oggetti personali. Lei ha un cellulare con sé? Devo fare assolutamente una telefonata.»

«Nessun problema.» Con un rapido gesto estrasse dalla tasca un apparecchio argentato. «Chi vuole chiamare?»

«Cerchi l'hotel Duomo a Colonia. Poi mi passi il telefono.» Mara sentì il cuore salirle in gola. Se la figlia aveva mantenuto la promessa, avrebbe dovuto essere arrivata già da parecchio a Colonia, ma per qualche motivo nutriva il sospetto che Anna al massimo si fosse occupata di Pluto e poi si fosse recata alla sua esibizione di Hafencity insieme a quel fallito del suo ragazzo.

Una volta ottenuto il segnale di libero dal servizio informazioni, Edgar le passò il cellulare. Mara lo prese con un gesto irritato: non era un cellulare, bensì un

Blackberry, l'agenda elettronica degli uomini d'affari. Una voce maschile piacevole e calda con un leggero accento di Colonia le rispose poco dopo.

«Mi chiamo Mara Simon», dichiarò lei. «Vorrei parlare con il dottor Faber.»

«Oh, signora Simon, è un vero peccato che quest'anno lei non possa venire! Il dottor Faber resterà molto deluso, quando verrà a sapere della sua rinuncia.» Il portiere le parlava come fosse una vecchia amica.

Mara impiegò un istante per mettere in ordine i propri pensieri. «Mia figlia ha già telefonato?»

«No, è stata lei stessa a disdire l'appuntamento con il dottor Faber un paio d'ore fa.» L'uomo esitò. «Forse non è stata lei?»

Mara fu invasa da un impeto di collera: Anna si era limitata a telefonare e a dire che non poteva andare. «No... cioè, sì... ho chiamato io», rispose incerta. «Potrebbe comunque passarmi il dottor Faber? Vorrei spiegargli di persona il motivo che mi ha trattenuto.»

«Mi spiace», rispose il portiere in tono sinceramente preoccupato. «Il signor Faber è uscito poco dopo le quattro e non è ancora tornato. Io stesso mi chiedo come mai sia ancora fuori.»

Mentre lei parlava al telefono, Edgar aveva spostato la sedia accanto al letto. «Ora mi sembra che anche lei sia finita in qualche guaio», osservò quasi preoccupato. «Vuole che le suoni qualcosa? La musica ha il potere di sollevare lo spirito. Forse a prima vista non darò questa impressione, ma sono davvero bravo a suonare il violino.»

Mara lo guardava con aria assorta.

Dov'era Robert?

Che cosa gli era accaduto?

Che cosa significava tutto questo?

« Edgar », disse poi a bassa voce, « non sporgerò denuncia contro di lei, può starne sicuro. Ma devo chiederle assolutamente un favore: deve andare a Hafencity a cercare mia figlia. »

Capitolo 9

Che storia era quella? Ultimamente nessuno s'interessava di musica? Avrebbe dovuto cantare per quasi un'ora, invece erano passati forse venti minuti e già avvertiva una crescente inquietudine in sala. I primi pubblicitari con i loro completi da mille euro si erano alzati per andare al buffet, come se temessero che non ci fosse cibo sufficiente per tutti.

Alle sue spalle Tom, seduto alla tastiera, le fece segno di proseguire; aveva subito intuito il suo nervosismo e la sua rabbia. Maledizione, quando qualcuno era sul palco e dava tutto se stesso, allora il pubblico aveva il dannato dovere di ascoltare. Quando attaccò con *Fever* – il pezzo migliore del suo repertorio, che interpretò al massimo delle proprie capacità, cantando, sussurrando, gridando, la sua irritazione aumentò. Si sentì il rumore delle sedie che venivano spostate. Ora si erano alzate anche le prime donne, «bambole» da sfilata che non sapevano distinguere una canzone per bambini da ottimo jazz. Anche al tavolo dove stavano seduti i capi – giovani facce perfettamente sbarbate – regnava già una sbadigliante apatia. E poi, mentre Anna si inchinava a raccogliere i tiepidi applausi, uno di quei merdosi le gridò se non poteva cantare qualcosa di veramente natalizio, *Bianco Natale*, oppure *Tu scendi dalle stelle*. La sua richiesta suscitò l'ilarità generale, come se avesse fatto una battuta irresistibile.

Anna non ce la fece più e si precipitò nella stanza posteriore che fungeva da guardaroba. Appollaiata su una dozzinale sedia di plastica, sforzandosi di trattenere le lacrime, udì Tom salutare gioviale, pubblicizzare il loro CD e augurare a tutti buon Natale, come se niente fosse.

Poi la raggiunse, con un asciugamano gettato sulle spalle come un pugile, e si sedette accanto a lei.

«Oggi non è la tua giornata», le disse, dandole delle pacche sulla mano con aria condiscendente.

Questo non fece altro che aumentare la sua collera. «Che cosa vorresti dire? Sono stata io a dovermi presentare a cantare di fronte a duecento idioti.» Aveva gli occhi pieni di lacrime.

«E allora?» ribatté Tom flemmatico. «Un professionista deve essere pronto a tutto. Le feste di Natale sono così, tutti pensano solo a ubriacarsi e si chiedono quando riusciranno a portarsi a letto la segretaria. Mi è già capitato di suonare a un party natalizio, e dopo di me sul palco è salita una spogliarellista davvero tosta.» Scoppiò a ridere.

Lei di colpo lo odiò. Naturale, lui aveva già affrontato ogni esperienza, era così controllato che niente e nessuno poteva scuoterlo.

Si rendeva conto che era sbagliato, e che non era proprio il momento giusto, ma provò l'impulso irresistibile di zittirlo, di annientarlo. Era giunto il momento che Tom il superuomo restasse senza parole per la sorpresa.

Si accarezzò il ventre ancora perfettamente piatto e

bisbigliò: «Sono alla dodicesima settimana. Diventerai padre».

Lui lanciò un gemito, poi esclamò, trattenendosi a fatica: «Non dirai sul serio, vero?»

Quando lei alzò lo sguardo, rimase sgomenta dal cambiamento subito dal viso di lui. Non era sorpreso, bensì... sbigottito, come se avesse appena ricevuto la notizia di soffrire di un male incurabile, un tumore all'ultimo stadio.

Poi comunque si riprese in fretta. «Sei arrabbiata», dichiarò con un sorriso storto. «Per questo volevi spaventarmi, vero? Ce l'hai con me perché ho accettato questa esibizione davanti a dei pubblicitari boriosi e ora ti vuoi vendicare.» Le tirò con forza la camicetta, come se dovesse svegliarla.

«Che cosa c'è di tanto grave in un figlio? Io ho più di trent'anni, tu quasi quaranta. Quanto dovremmo aspettare ad averne uno?» La voce le tremava; si sentì scorrere una lacrima sulla guancia.

«Quanto dovremmo aspettare? Per sempre!» esclamò lui, sferrando un calcio così energico a una delle sedie da rovesciare un'intera confezione di bottiglie d'acqua minerale. «Io non voglio figli, dannazione. Ho quasi quarant'anni, è vero, e devo pensare alla mia carriera di musicista. Che cosa me ne faccio di un poppante? Dovrei passare tutte le notti con le mani sulle orecchie? Aspettare dal pediatra tenendoti la manina? No, è escluso!» Si girò imprecando. Poi afferrò una bottiglia d'acqua e la lanciò contro la parete, mandandola in frantumi.

Anna sussultò e scoppiò a piangere. Non aveva mai visto quel lato del carattere di Tom. Da altri aveva sentito dire che poteva essere violento e collerico, ma non avrebbe mai creduto che un giorno avrebbe avuto paura di lui.

Alla vista di uno dei pubblicitari, entrato probabilmente dopo aver sentito il trambusto, Tom riuscì con grande maestria a cambiare di nuovo atteggiamento. Spiegò in tono amichevole che era tutto a posto. La sua amica non si sentiva bene, aveva qualche linea di febbre, per questo l'esibizione non era andata alla grande. Non diede spiegazioni sul motivo per cui avesse rotto una bottiglia.

«Se non vi dispiace, dovreste smontare subito la vostra attrezzatura. Dopo cena comincerà il ballo», dichiarò il tizio senza sprecare neppure una parola sulla loro esibizione.

Perché tutti si comportavano come se il loro spettacolo fosse stato una catastrofe? Lei aveva cantato bene come sempre.

Con la coda dell'occhio vide Tom voltarsi brevemente verso di lei prima di uscire dalla stanza con il tizio. Naturale, per mille euro di caché era pronto a fare tutto ciò che gli ordinavano, e non c'era da aspettarsi che pronunciasse neppure una parola sul comportamento maleducato del pubblico.

Anna preparò la borsa lentamente, in modo da dare a Tom il tempo di scusarsi e di dirle che aveva esagerato. Avere un bambino era una bella cosa. Di sicuro se ne sarebbe reso conto anche lui, non appena avesse potuto rifletterci con calma.

Si guardò intorno inquieta. Non poteva volerci tanto tempo a smontare una tastiera, il microfono e i due altoparlanti. Le giungevano suoni di risate e voci chiassose, ma nessuno badava a lei, e Tom non tornava.

Alla fine aveva messo via tutto: l'abito, i trucchi e le scarpe da ginnastica che portava sempre sul palcoscenico.

Nessuna traccia di Tom. Intanto il frastuono proveniente dalla sala era aumentato. Adesso si era aggiunta anche della musica – nientemeno che *Last Christmas* degli Wham! Quella gente proprio non aveva il minimo gusto.

Quando Anna uscì dalla stanza e si diresse verso la porta, tenendosi rasente al muro della sala, lo vide; con l'asciugamano ancora gettato sulle spalle, Tom chiacchierava disinvolto al buffet con una bionda. Di tanto in tanto beveva un sorso di champagne dal calice che teneva in mano. Anna si rese conto che lui si era accorto della sua presenza, ma continuava a non degnarla di uno sguardo; al contrario, si avvicinò di più alla donna sfiorandole addirittura un braccio, gesto che la donna incassò con un sorriso innaturale. Anna conosceva fin troppo bene Tom. Il messaggio era chiaro: guarda, le stava dicendo, io qui mi trovo bene, evidentemente dipende da te se non ti piace questa gente e loro non ti applaudono.

Uscì dalla sala senza che nessuno le rivolgesse la parola. Poi si ritrovò di fronte all'ingresso a vetri. Ormai era buio e faceva molto freddo. Cadeva una pioggia leggera. Il classico clima natalizio di Amburgo. Le venne in mente Pluto. Il povero cane l'aspettava in auto ormai da ore.

Un giovanotto con un orribile giubbotto giallo era appoggiato al cofano della Golf. Probabilmente era uno dei pubblicitari uscito a fumarsi una sigaretta, convinto di sembrare molto sofisticato seduto lì a guardarsi intorno.

Anna si avvicinò all'auto con aria truce.

Con sua sorpresa si accorse che l'uomo non teneva in mano proprio nessuna sigaretta. La guardò sorridendo, come se la stesse aspettando. Teneva a tracolla una custodia da violino.

«Ti ho sentita cantare prima», disse quando Anna gli si fermò davanti. «Hai una voce magnifica, espressiva e nient'affatto piatta. Mi è piaciuta soprattutto la tua interpretazione di *Fever* – mi ha fatto venire proprio i brividi. Non te la prendere se quegli idioti là dentro non sanno apprezzare certe cose!»

Pluto cominciò a guaire dentro l'auto. Senza dire una parola, Anna superò l'uomo e aprì il bagagliaio. Il labrador balzò fuori all'istante, trotterellò sul marciapiede e si fermò di fianco al primo lampione per fare pipì. Mentre tornava indietro verso la macchina, si mise a bere da una pozzanghera.

«Lei non fa parte del gruppo dei pubblicitari?» Preferiva mantenere le distanze usando il lei. Oltre la grande vetrata vedeva Tom sempre intento a parlare gesticolando con la bionda. Nel frattempo si era aggiunta un'altra donna che pendeva dalle sue labbra esattamente come la prima. Anna era pronta a scommettere che Tom si stava presentando come un grande musicista che un tempo aveva suonato insieme a Udo Lindenberg e agli Oasis.

«Macché», rispose l'uomo lanciandole un'occhiata curiosa. «Mi chiamo Edgar, e non ho proprio niente da spartire con quella bella gente là dentro. Se vuoi, possiamo suonare insieme, qualche volta. Io conosco tutto il repertorio – jazz, musica classica, rock, quello che vuoi.»

Anna assentì senza convinzione. Poi si avvicinò alla portiera della Golf.

L'uomo non diede segno di volersi allontanare, ma seguì i suoi movimenti con lo sguardo.

«Ti servono dei soldi?» domandò Anna, provando all'improvviso un certo disagio. «Vivi per strada? Oppure posso aiutarti in qualche modo?»

Edgar si passò una mano nei corti capelli biondi e li scompigliò, come se li trovasse troppo ordinati. Poi protese verso Pluto la mano sinistra protetta da un mezzo guanto. Il labrador l'annusò scodinzolando. Era veramente amico di tutti.

«È una questione un po' complicata», disse Edgar senza alzare gli occhi. «Sono una specie di messaggero e ho promesso qualcosa a qualcuno: per la precisione a Mara, tua madre.»

Capitolo 10

Il Babbo Natale lo trattava come un bambino e gli porse un pacchetto stampato a stelline rosse sorridendo raggiante. «Un piccolo pensiero», disse. La barba posticcia gli si muoveva qua e là sul viso, mostrando al di sotto una barba nera. «Per una rapida guarigione e un felice Natale.» Poi rivolse un cenno d'incoraggiamento a Robert affinché accettasse il regalo.

«Molte grazie – è davvero gentile», mormorò lui, imbarazzato.

«Non bisogna mai perdere la speranza», disse il Babbo Natale come se si trovasse di fronte un moribondo.

Robert avrebbe voluto spiegare che non versava in condizioni così gravi, ma l'uomo si era già girato e stava rivolgendo lo stesso saluto al turco, che lo fissava sorridendo con gli occhi luccicanti.

Il giovane sacerdote magro si trattenne ancora un istante al capezzale di Robert e gli porse un foglietto – la fotografia del maestoso duomo di Colonia.

«Qui troverà tutti gli orari delle messe di Natale», gli spiegò pacato, posando il foglietto come una carta da gioco sul lenzuolo. Poi anche lui si voltò.

Robert udì il turco e il Babbo Natale ridere insieme.

Evidentemente Mahmut era più loquace di quanto gli aveva lasciato credere.

«Non ha importanza, cristiano o musulmano, il buon Dio ama tutti», stava dicendo il Babbo Natale. La sua voce tradiva ora un lieve accento di Colonia.

A Robert tornò in mente come da bambino avesse cercato di calcolare quanti bambini Babbo Natale potesse andare a trovare in una notte trattenendosi solo un minuto sotto ciascun albero. Era giunto quindi alla conclusione che la storia secondo cui Babbo Natale portava regali a tutti i bambini del mondo era una bugia. *Ma lui era sempre stato così,* si disse, riduceva ogni cosa ai minimi termini, privandola di tutta la magia.

Il Babbo Natale suonò di nuovo la sua campanella, poi uscì seguito dal giovane prete.

Mahmut si era già avventato sul sacchetto. Estrasse due grosse arance palleggiandole come un giocoliere. «Di sicuro vengono dalla Turchia, da come sono belle», disse. Dopo che uno dei due frutti fu caduto sul pavimento, si mise a sbucciare l'altro. Un aroma di arancia si sprigionò per la camera.

Senza troppo entusiasmo Robert gettò un'occhiata al suo sacchetto e vi trovò quello che si era aspettato: un'arancia, qualche noce, una tavoletta di cioccolato. Le solite cose. Mentre stava per posare il sacchetto sul comodino, notò la cartolina che mostrava un grande albero di Natale illuminato. *Magia natalizia al Rockefeller Center di New York* recitava la didascalia.

Si sentì percorrere da un brivido caldo. Com'era possibile che qualcuno pensasse di regalare una simile cartolina proprio a lui in un ospedale di Colonia?

Si sentì salire le lacrime agli occhi. Per un istante si sentì molto più vecchio della sua età. Era come se qualcuno volesse fargli capire che la sua vita era passata senza che avesse realizzato neppure un sogno. Perché si trovava ancora lì? Perché non aveva ancora raggiunto Mara?

«Ehi», disse Mahmut, porgendogli uno spicchio d'arancia dopo essersi alzato di scatto dal letto. «Ti sei commosso a tal punto? Era da tanto che non ricevevi regali?»

Robert annuì e prese lo spicchio d'arancia. Se lo mise in bocca con un gesto impulsivo. Stranamente era così amaro che non riuscì a mandarlo giù.

Mahmut intanto si era già riappropriato del telecomando. Un uomo abbronzato con i capelli tinti di biondo cantava una canzone di Natale, si trattava di un videoclip degli anni Settanta che veniva ripescato regolarmente tutti gli anni a metà dicembre.

Robert cercò di sollevarsi, ma un forte giramento di testa lo costrinse a sdraiarsi di nuovo. Chiuse gli occhi. In un modo o nell'altro doveva trovare la forza per alzarsi e cercare almeno un telefono, per chiamare l'hotel Duomo e parlare con Mara. Certo, lui non credeva ai segni, ma doveva mostrarle la cartolina che aveva ricevuto e raccontarle di persona che cosa gli era capitato in quello strano 20 dicembre.

Stringendo la cartolina tra le dita, si risollevò. Diede un'occhiata al proprio aspetto. Era ridicolo, con quel pigiama bianco d'ospedale. Giunto alla porta si voltò ancora una volta.

«Lei per caso mi sa dire quanto dista l'hotel Duomo da qui?» domandò a Mahmut che lo guardava con interesse.

«Sul serio te ne vuoi andare?» ribatté il turco, lanciandogli un'occhiata stupefatta. «All'hotel Duomo? Non è distante da qui, saranno duecento metri sull'altro lato della stazione, ma conciato così, con il pigiama, non farai tanta strada.» Sorrise.

Solo duecento metri? Non era stato portato più lontano?

«Prenderò in prestito qualche indumento», disse Robert, parlando tra sé, come se stesse organizzando un piano.

Aprì lentamente la porta e sbirciò fuori.

Babbo Natale e il sacerdote stavano uscendo da una camera. Senza scambiarsi neppure un'occhiata, fecero suonare la campanella e bussarono alla porta successiva. Poi entrarono, dopo che il Babbo Natale ebbe pronunciato il suo gutturale «hohoho».

Robert aspettò ancora un istante, poi uscì in corridoio. Non c'era anima viva in giro. Da una porta aperta si sentiva della musica proveniente da una radio ad alto volume e dei rumori come se qualcuno stesse mettendo a posto. Si avviò lentamente lungo il corridoio. Come avrebbe fatto a trovare dei vestiti? Chiedendoli a un'infermiera dopo averle spiegato la propria situazione? Molto probabilmente la cosa migliore era telefonare all'hotel Duomo e farsi portare qualcosa di suo.

La guardiola delle infermiere era riconoscibile per la grande finestra che dava sul corridoio. Le luci erano accese ma all'interno non c'era nessuno. Robert si guardò intorno, però non scorse neppure una sola luce di chiamata accesa fuori dalle camere.

Con circospezione seguì il cartello che indicava l'uscita.

All'improvviso udì una voce dura, dal marcato accento dell'Europa orientale, che gli intimò: «La saletta fumatori è in fondo a sinistra!»

Trasalì alla vista di una donna anziana con un camice azzurro che si trascinava dietro un carrello per le pulizie. Prima che avesse tempo di chiederle qualcosa, scomparve in una camera poco più avanti.

La saletta fumatori! Probabilmente era il luogo migliore dove trovare qualcuno che avesse quanto meno a disposizione un telefono.

Robert proseguì. Aveva freddo. Nel contempo si sentiva salire la febbre. Se avesse avuto un po' di buonsenso, sarebbe tornato a letto e avrebbe chiesto a una infermiera di telefonare all'hotel, ma in quel momento non l'aveva. Forse era sempre stato questo il suo problema: troppa quotidianità, troppa ragionevolezza, e troppo pochi giorni come il 20 dicembre.

La saletta fumatori era nient'altro che un cubicolo di vetro con tre sedie e un tavolino su cui erano gettate alcune riviste molto lette. Non c'era nessuno nemmeno lì. Possibile che fosse già partita la grande ondata di dimissioni prenatalizia? Gli sembrava di essere finito in un ospedale mezzo vuoto. Se non altro dentro quel cubicolo faceva caldo, anche se l'aria era un po' soffocante. Si capiva che l'ultimo fumatore doveva essersene andato da pochi minuti soltanto. Robert si mise a sedere sulla prima sedia accanto alla porta, prese una rivista e fece finta di leggere. Doveva riflettere e ritrovare le forze. Poco dopo vide Babbo Natale e il sacerdote uscire dalla camera in fondo al corridoio. Con un gesto deciso il Babbo Natale si tolse il berretto e la barba posticcia, rivelando un volto giovanile e barbuto chiaramente soddisfatto di aver concluso il proprio lavoro di dispensatore di doni. Pronunciando qualche parola che Robert non comprese, porse al sacerdote il sacco nero da cui aveva estratto i doni e si accomiatò con una stretta di mano molto formale.

Mentre il sacerdote si affrettava lungo il corridoio con espressione grave, l'ex Babbo Natale scomparve dietro una porta adiacente alla guardiola. Pochi minuti più tardi ricomparve con un camice bianco da infermiere e si avviò a sua volta lungo il corridoio.

Robert ebbe un'idea che gli sembrava assolutamente ridicola. Un uomo ultracinquantenne, rimasto vedovo da poche settimane, per di più rispettabile medico di provincia, una persona del genere non sarebbe mai entrata di nascosto in uno spogliatoio per sottrarre il costume da Babbo Natale e scappare dall'ospedale così travestito!

Ma mentre rifletteva ancora su questa pensata, si era già alzato in piedi. Percorse il corridoio di soppiatto, all'improvviso notò una luce accendersi sopra una porta che si aprì lentamente e si salvò all'ultimo istante, rifugiandosi proprio nella stanza dove il Babbo Natale era tornato a essere un infermiere qualunque. Il costume rosso, la barba bianca e il berretto rosso erano posati ordinatamente su una sedia. Sulla sinistra si trovavano diversi armadietti di metallo. Evidentemente era lo spogliatoio del personale dell'ospedale. C'erano pure gli stivali neri. Robert guardò la cartolina che aveva tenuto in mano per tutto quel tempo – l'albero di Natale al Rockefeller Center. Non aveva altra scelta. Mara lo aspettava all'hotel Duomo e la priorità assoluta era di incontrarla quella sera e di parlare con lei, di Linda e di se stesso, ma soprattutto del fatto che l'amava.

Da un armadietto socchiuso prese un paio di calzoni bianchi da infermiere di due taglie troppo piccoli, poi si infilò il costume, calzò gli stivali che conservavano ancora il calore dei piedi dell'infermiere, si sistemò la barba posticcia e il berretto. Non c'erano specchi, ma era sicuro di sembrare un Babbo Natale in carne e ossa.

Nessuno lo avrebbe fermato, né le infermiere, né la polizia. Mara avrebbe sgranato gli occhi. Quella sera avrebbe ballato il tango con un Babbo Natale caduto chissà come dal cielo.

Capitolo 11

Anna sapeva esattamente che cosa doveva dirgli. *Edgar, vai al diavolo! È facile parlare per te, tu non conosci mia madre. Mi ha tormentato per tutta la vita, mi chiede sempre «per favore», ma in realtà mi dà solo ordini.*

Preferì tornare a guardare oltre la vetrata del palazzo. I primi invitati alla festa si erano messi a ballare sulle note assordanti della discomusic, e anche Tom, insieme alla bionda, era sceso in pista, cosa che di solito non faceva mai. Qual è quel vero musicista che si mette a ballare?

Aprì il bagagliaio e fece segno a Pluto di saltare dentro. Chiaramente il cane non aveva nessuna voglia di farsi rinchiudere di nuovo e ubbidì solo dopo che lei lo ebbe strattonato per il collare. Poi si avvicinò alla portiera. Edgar aveva continuato a fissarla in silenzio, con grande interesse, come se avesse scommesso con se stesso su quale sarebbe stata la sua reazione.

«Perché mi guardi in quel modo?» domandò Anna in tono ostile.

«Non lo so neppure io.» Sorrise. «Però mi piaci, sei sincera. Anche quando canti.» Si staccò dal cofano e si avvicinò alla portiera del lato passeggero, come se avesse deciso di partire con lei.

«In quattro ore possiamo raggiungere Colonia», disse mentre si accomodava sul sedile. Gettò la custodia del violino sul sedile posteriore.

«Non ci penso nemmeno», ribatté Anna.

Mise in moto. Per Tom era l'ultima occasione. Era quasi sicura che lui l'avesse tenuta d'occhio per tutto il tempo. Se ora avesse bussato contro il finestrino, lei sarebbe stata pronta a perdonargli la scenata di prima e tutta quella manfrina con la bionda... ma nessuno giunse trafelato a battere contro il vetro.

«La strada è libera, puoi partire», disse Edgar, sfiorandole il braccio destro con la punta delle dita. Si era tolto i guanti e lei notò che per essere un violinista aveva dita piuttosto grosse e tozze.

Dopo che lei fu uscita dal parcheggio, lui riprese a parlare. «Non sei curiosa di sapere perché tua madre vuole assolutamente che tu vada a Colonia?» le chiese.

«No, affatto.»

In realtà non era vero. Da ragazzina, le sarebbe piaciuto tantissimo sapere perché sua madre trascorreva ogni anno il 20 dicembre a Colonia. Nessuno era riuscito a impedirglielo, né suo padre, né Sören, il suo secondo marito, né Hendrick, il patetico marito numero tre, che continuava a sperare di poterla riconquistare. Era sempre stato assodato che poco prima di Natale Mara partisse per Colonia, lei non aveva mai neppure cercato di negarlo o di giustificarsi. Al ritorno non raccontava mai niente del suo viaggio.

Una volta, all'età di quindici o sedici anni, Anna si era messa in mente di seguire sua madre. L'aveva aspettata di nascosto alla stazione, intenzionato a salire sul treno dopo di lei, ma la madre l'aveva scoperta già sul marciapiede. «Torna a casa, per favore», le aveva detto con la massima calma. «Tutti abbiamo bisogno di un segreto e questo 20 dicembre è il mio. Forse te ne parlerò al mio ritorno.»

Anna era tornata sui propri passi, imbarazzata, ed era corsa fuori dalla stazione. Al rientro la madre non le aveva mai raccontato nulla del proprio segreto.

Qualche anno più tardi, Anna aveva sorpreso Mara che accennava dei passi di tango in camera sua con indosso un vestito nuovo, ma l'orgoglio le aveva impedito di chiederle che cosa stesse facendo.

Questo episodio, però, le aveva confermato una volta per tutte che c'era un uomo ad aspettare sua madre a Colonia, anno dopo anno, e questo l'aveva riempita di gelosia.

«Dove vuoi che ti lasci?» domandò ora Anna, gettando un'occhiata a Edgar, mentre prendeva la direzione della stazione centrale. Dove sarebbe andata, dalla sua amica Franziska a Barmbek, oppure da suo padre a Blankenese? Non lo sapeva.

Edgar la guardò con occhi vivaci e rise senza pudore, come se fosse perfettamente consapevole di darle l'impressione di essere matto. «È colpa mia se tua madre è in ospedale», disse una volta tornato serio. «Le ho dato la mia parola. In cambio ti regalerò qualcosa.»

Anna fece una smorfia sarcastica. Che cosa avrebbe potuto mai regalarle un tipo trasandato come Edgar?

Dopo una breve pausa, lui domandò: «Adesso sei diventata curiosa, vero?»

Lei non rispose, ammirata in cuor suo da quanto lui fosse sicuro di sé. Quando lo vide infilare la mano in tasca ed estrarne un apparecchio argentato, fu sul punto di credere che lui volesse regalarle il proprio cellulare. Che idea assurda! Ma poi si accorse che era un piccolo registratore. Un istante dopo l'abitacolo dell'auto venne riempito da note di violino di una purezza celestiale. Dio, chi le suonava? David Garrett in persona! No, non sembrava un pezzo di Mozart o Haydn, era una melodia più scozzese, pareva un pezzo folk con sfumature rock, incredibilmente orecchiabile.

Frenò suo malgrado e accostò al marciapiede con il motore acceso. Edgar la guardava sorridendo, mentre lei ascoltava rapita. Le note del violino l'avevano conquistata e in sottofondo si sentivano altri strumenti, una chitarra che segnava il ritmo, e un pianoforte.

Edgar spense di colpo il registratore. «Uno dei miei pezzi. Niente male, no?» disse convinto. «Mi mancava solo la voce giusta – fino a oggi.»

Capitolo 12

Mara non era abituata a restarsene inerte a letto. Non era mai stata malata, non aveva mai subito interventi seri. Una volta era caduta da cavallo e si era slogata una spalla, mentre cinque anni prima, sciando, aveva avuto una distorsione al ginocchio. Hendrick era tornato sulle piste, e lei era dovuta rimanere in hotel. Per un attimo – ricordava quest'episodio con preoccupante chiarezza – aveva preso in considerazione l'idea di fare una gita a Schondorf e andare a trovare Robert in ambulatorio. Chissà che faccia avrebbe fatto. L'avrebbe baciata, le avrebbe gettato le braccia al collo? Con tutti gli uomini di cui si era innamorata, la quotidianità insieme la spaventava. Nel caso di Robert, invece, si chiedeva in segreto se sarebbe stato bello vivere accanto a lui: alzarsi, andare a fare la spesa, cucinare, pulire, insomma fare tutte quelle piccole cose che una coppia condivide.

Ovviamente aveva subito scartato l'idea di presentarsi davanti alla sua porta seguendo un capriccio del momento, almeno per l'immediato futuro. Tuttavia, man mano che le cose con Hendrick peggioravano, si era sorpresa a pensare a Robert sempre più spesso.

Che tipo di sogno si era acceso in lei da quel 20 dicembre 1977?

Per l'ennesima volta nell'ultima ora, prese in mano il BlackBerry che le aveva lasciato Edgar, ma Anna teneva ancora il cellulare spento. Che cosa significava? Anna voleva tormentarla, voleva tenerla sulle spine? Molto probabilmente era stata una pazzia da parte sua fidarsi di un personaggio come Edgar. Il BlackBerry che teneva in mano doveva essere certamente rubato e la storia di Edgar un'invenzione. Forse non si chiamava nemmeno così. Non le aveva detto il proprio cognome, ma solo di non preoccuparsi. Sarebbe andato a Colonia con sua figlia, poteva contarci.

Oh, quanto le sarebbe piaciuto alzarsi, correre fuori dall'ospedale, salire su un taxi e farsi portare a Colonia! Ma bastava il minimo movimento a causarle un dolore che le toglieva il respiro. Le costole erano state raddrizzate, tuttavia le sembrava di avvertire la ferita al polmone.

Quando richiamò all'hotel Duomo, il portiere lo salutò chiamandola per nome; evidentemente aveva riconosciuto il suo numero sul display.

«Mi rincresce molto, dottoressa Simon», le disse. «Il signor Faber non è ancora tornato. Mi spiace. L'avrei chiamata immediatamente», aggiunse galante.

«Ma dovrà pur esserci una spiegazione», fece lei con la voce incrinata dal panico. «Non potrebbe essersi sentito male in camera sua, magari è caduto, oppure ha avuto un infarto?» Non voleva nemmeno immaginare che cosa potesse essere successo.

«Dopo la sua prima telefonata ho subito mandato qualcuno di sopra, e la camera è stata aperta per controllare. Non c'era nessuno. Il signor Faber ha persino lasciato i suoi documenti.»

«Forse potrebbe informarsi presso la polizia...» Mara aveva il respiro affannato per l'agitazione.

«Ho già contattato il posto di polizia alla stazione, chiedendo se ci fosse stata qualche aggressione, non si può mai sapere, anche se il signor Faber è uscito da qui alle quattro. Probabilmente c'è una banale spiegazione.» Il portiere cercò in tutti i modi di tranquillizzarla. «Può darsi che abbia incontrato un conoscente, e abbia perso la cognizione del tempo.»

«Sì, è possibile», rispose Mara, poi riattaccò. Il portiere non poteva neppure immaginare quanto fosse assurda la sua supposizione. Robert non era mai stato in ritardo neppure una volta in tutti quegli anni. Anche se di sicuro gli costava fatica inventare una scusa con la moglie, lei aveva sempre potuto contare sul fatto di trovarlo già ad aspettarla al suo arrivo.

Sentiva la sua mancanza, e di colpo rimpianse tutti gli anni che non aveva trascorso insieme a lui. Si era legata a una serie di uomini idioti, mentre con lui finora aveva passato solo trentuno notti – trentuno notti, che avrebbero potuto benissimo essere diverse migliaia, se lei fosse stata sincera e avesse trovato il coraggio di rivelargli il proprio amore.

L'orologio sul display del telefono segnava le 19.39. Maledizione, chissà se Anna era già partita? Perché nessuno si metteva in contatto con lei, neppure Edgar? Dopotutto era colpa sua, se lei si trovava lì in ospedale.

Mentre riprendeva mano il BlackBerry, rimase stupefatta dalla naturalezza con cui le tornò in mente il numero. Nonostante tutti gli anni trascorsi e tutti gli avvenimenti successi, le sue dita composero le cifre quasi automaticamente, come se fosse passato un giorno soltanto dall'ultima volta che aveva chiamato quel numero, mentre erano almeno dieci, dodici anni che non lo faceva, non ricordava neppure esattamente quanti.

Mara chiuse le palpebre, mentre il cuore le batteva più forte in petto, e vide con gli occhi della mente un vecchio telefono squillare su un tavolino antico in una villa d'epoca tinteggiata di bianco a Blankenese. I muri erano ricoperti di edera e grandi alberi facevano ombra nel giardino dove scorrazzavano gli scoiattoli. Tutte le mattine veniva svegliata dal cinguettio degli uccelli – era un autentico paradiso. Peccato che dopo un po' di tempo non fosse più riuscita a resistere... quella rigidità, quel rispetto assoluto degli orari. L'unica cosa importante erano le malattie, gli interventi e i pazienti, tutto il resto per lui non contava niente. E il suo amico più intimo all'epoca era un consulente finanziario. Mara contò sei squilli. Stava per riattaccare; era sabato sera, ovviamente c'erano degli impegni mondani da rispettare, il Rotary, il club del golf.

«Kaden», udì poi pronunciare da una voce profonda.

Mara ebbe un momento di esitazione. In sottofondo riconobbe le note di un pezzo jazz. Naturale, lui ascoltava sempre musica jazz quando voleva rilassarsi, da studente era stato addirittura un discreto pianista. Probabilmente Anna aveva preso da lui il suo talento musicale.

«Chi parla?» domandò la voce irritata.

Lei si schiarì la gola. «Sono io, Wolf», disse piano.

«Mara! Mio Dio – che cosa è successo?»

Lei si sentì salire le lacrime agli occhi; lui l'aveva riconosciuta subito e sembrava addirittura contento di parlarle.

«Sono alla clinica universitaria – niente di grave», si affrettò a precisare.

«Nella mia clinica! Come mai non sono stato avvisato?»

Lei sorrise. *Nella mia clinica?* Già, Wolf era sempre stato così, il primario nato, che si occupava di tutto.

«Sono stata portata qui in ambulanza, dopo una caduta nel parco, un paio di costole rotte. E inoltre qui nessuno è al corrente che un tempo eravamo sposati.»

«Fammi sapere se posso fare qualcosa per te. Ti hanno dato almeno una camera singola?» domandò premuroso.

«Sì. Mi manca solo il telefono, per questo ti sto chiamando da un cellulare.»

«È strano, sai. Pensavo a te proprio oggi, lo faccio tutti gli anni il 20 dicembre. Non ti sembra bizzarro?»

«Sì», rispose lei impacciata, assalita da un improvviso rimorso. Dopo tanti anni doveva affrontare il proprio tradimento – non aveva mai permesso a Wolf di entrare nella sua vita, perché c'era sempre stato quel 20 dicembre.

«Sei felice ora?» domandò Wolf con una dolcezza che la lasciò sorpresa. «Hai continuato ad andare via il 20 dicembre anche in seguito. Me lo ha raccontato Anna.»

«Gliel'hai chiesto tu?» Mara era in affanno. Quand'era stata l'ultima volta che aveva visto Wolf? Diversi anni prima, per caso una domenica mattina in una via del centro insieme a Erica, la seconda moglie. Poco tempo dopo che lei lo aveva lasciato, lui infatti aveva sposato la sua segretaria. Sembrava aver trovato la felicità con lei, ma non avevano avuto figli insieme.

Wolf rise. «Mi è sempre piaciuto essere informato

su di te. So, ad esempio, che il tuo studio va molto bene. Pur essendo io stesso un medico della scuola tradizionale, mi sono reso conto che certe persone si trovano meglio cercando delle alternative.»

Rimasero in silenzio per un istante. Dalla grande villa trasudava un'atmosfera di solitudine fino a lei, come se Wolf, il famoso cardiochirurgo, fosse solo, in quell'ultimo fine settimana prenatalizio.

No, avrebbe voluto rispondere Mara d'impulso, *non ho mai trovato la felicità, con nessuno.*

Si trattenne in tempo. Wolf dimostrava tantissima pazienza.

«Ti telefono per un motivo ben preciso», gli disse con voce più ferma. «Vorrei che tu mi sollevassi dalla mia promessa. Fu un errore pronunciarla, e vorrei quantomeno rimediare a questo. Mi capisci?»

Lui tacque per un po'. Lei lo sentì respirare a fondo. La musica jazz era finita. «Hai ragione», disse dopo due respiri. «Ti sollevo dalla tua promessa. Se vuoi e se ti fa sentire meglio, possiamo incontrarci durante queste feste.»

Poi riagganciò senza aggiungere altro.

Mara fu invasa da una tristezza infinita e imprevista, come se avesse appena messo la parola fine a un matrimonio che in realtà era fallito vent'anni prima. Nel contempo si sentiva sollevata. Se non altro quella sera si era liberata da un peso.

Immediatamente dopo compose il numero di Anna, ma le rispose ancora una volta la voce della segreteria telefonica che la invitava a lasciare un messaggio.

Erano le 19.48.

Dov'era finita Anna?

Capitolo 13

Anna lasciò il volante a Edgar, si sentiva stanca e abbattuta. Il diverbio con Tom cominciava a pesarle sul cuore. Quando accese brevemente il cellulare, vide che lui non l'aveva chiamata, ma trovò tre telefonate di sua madre, fatte con l'apparecchio che Edgar le aveva lasciato.

Edgar era davvero un tipo strano. Andava troppo veloce, viaggiando sempre sulla corsia di sorpasso. Tuttavia Anna non aveva l'impressione che non riuscisse a mantenere il controllo della Golf. Di tanto in tanto la guardava sorridendo. Poi le domandò per un'ora di fila quali band conoscesse, e se anche lei di tanto in tanto si facesse qualche canna. Sembrava quasi che volesse metterla alla prova. Lei dava le informazioni controvoglia, sebbene dovesse ammettere che lui era molto più in gamba. Intuiva che stava parlando solo per preparare il terreno a una domanda. Poco prima di Osnabrück, quando il traffico si infittì e loro si trovarono in coda per un cantiere stradale, si decise a porgliela.

«Perché tua madre vuole a tutti i costi che tu vada a Colonia? Chi dovresti incontrare?»

Anna fece uno sbadiglio esagerato. Sua madre era

davvero l'ultimo argomento che voleva affrontare, piuttosto avrebbe parlato di quello stronzo di Tom e del fatto che l'aveva messa incinta. Chissà se la crisi tra di loro sarebbe passata? Di colpo non era più tanto sicura. E mancavano solo quattro giorni a Natale. Dappertutto ai lati dell'autostrada c'erano alberi di Natale addobbati e finestre illuminate da stelle o candele elettriche.

«E tu perché lo fai?» chiese lei invece di rispondere. «Dove hai trovato il tempo di recarti a Colonia con una perfetta sconosciuta? Non c'è nessuno ad aspettarti, stasera?»

A giudicare dalla sua espressione un po' più tesa, lei capì di aver colto nel segno. Lui non era semplicemente il violinista senza legami che voleva far credere.

«Dove abiti veramente?» lo incalzò. «Hai una dimora da qualche parte?»

Dopo aver superato il cantiere, lui accelerò e si spostò nuovamente sulla corsia esterna.

«Niente male per uno che non ha più la patente», commentò con un sorriso.

Lei non sapeva se credergli o meno, ma effettivamente le sembrava il tipo da mettersi al volante senza permesso.

«Sei stata astuta, a rispondere alla mia domanda con una domanda. D'accordo, parlerò per primo, poi mi racconterai i tuoi sogni. Ok?»

Anna assentì. Superarono un camion tutto illuminato con un Babbo Natale in slitta disegnato sulla fiancata. Sembrava che a poco a poco tutto il Paese stesse scivolando nell'atmosfera natalizia. Da parte sua, però, non aveva ancora dedicato neppure un pensiero ai regali.

«Abito in albergo», spiegò Edgar. «Non all'Atlantic, come Lindenberg, ma in una piccola villa alla stazione di Dammtor – quattordici camere di cui una riservata stabilmente a me.»

Doveva credergli? Lo guardò in faccia esaminando il suo sorriso sarcastico, cercando traccia di una bugia, ma lui le sembrava serio e sincero.

«Di solito però viaggio molto – suono il violino, oppure mi occupo della mia fattoria degli animali.»

«Una fattoria degli animali?» Ora non ci capiva davvero più niente.

Lui fece un cenno affermativo. «Ho creato una fondazione, alleviamo razze in via d'estinzione, oppure cavalli. Naturalmente curiamo pure gli animali abbandonati che ci vengono segnalati.»

Lei si drizzò a sedere e si sporse in avanti. «Mi stai prendendo in giro! Te ne vai a zonzo per la città con il tuo violino come un mendicante, però poi vivi in albergo e hai una fondazione?»

Edgar annuì. «Per questo non lo racconto a nessuno. Nemmeno quelli che lavorano alla fattoria sanno che mi appartiene. Del resto non ha importanza. Amo gli animali che non esistono più. Inoltre sto pensando di decidermi a fondare una mia band.» La guardò con aria interlocutoria.

«Vuoi dire che in realtà sei ricco e fingi soltanto di non avere nemmeno un soldo?» Anna sbuffò. «Non avevo mai sentito una scemenza del genere.»

«Ok», disse Edgar. «Ti ho raccontato la mia storia.» All'improvviso assunse un'aria imbronciata. «Veniamo a te. Chi era il tipo che ti ha accompagnato alla tastiera? C'è qualcosa tra di voi? Per questo te la sei svignata così di fretta, perché si era arrabbiato con te?»

«Ehi, calma! La tua storia non è ancora finita. Come mai sei ricco? Devi raccontarmi ancora questo.» Anna gli sfiorò un braccio, ma lui continuò a guardare la strada. Di colpo le sembrava più vecchio; inizialmente gli aveva dato vent'anni, ma doveva averne almeno venticinque, forse anche trenta.

«Secondo me ho raccontato già abbastanza.»

Il motore della Golf rombava a pieni giri, come se lui volesse sfruttarlo al massimo. Centottanta all'ora, Anna non era mai andata tanto veloce in vita sua.

Lui accese la radio, ma c'erano solo scariche elettriche.

«Perché sei ricco?» ripeté lei, spegnendo la radio. «Perché il tuo ricco padre ogni mese ti sgancia cinquemila euro affinché tu non gli dia sui nervi?»

Edgar sbuffò divertito. «Cinquemila euro! Sono abbastanza ricco perché mi appartiene un quarto di una grossa compagnia armatrice, per l'esattezza attualmente ventidue navi portacontainer.»

Lei non poteva credere che le mentisse. Nessuno mentiva in quel modo. Stava seduta accanto a un armatore che indossava un orribile giubbotto giallo e dei jeans sfilacciati. Uno completamente fuori di testa!

«È pazzesco!» bisbigliò tra sé. «È pazzesco.»

Edgar rimase serio, senza neppure l'ombra di un sorriso a indicare che volesse rimangiarsi tutto ciò che aveva detto.

«Chissà come saranno fieri di te i tuoi genitori, visto come ti occupi degli affari», commentò lei sarcastica.

«Non ci crederai», ribatté lui, «ma in realtà mi occupo veramente degli affari, a modo mio. Così non sono costretto a recarmi ogni giorno in uno squallido ufficio e a darmi importanza. E poi i miei genitori sono morti. Mio padre se ne è andato esattamente undici anni fa, il 21 dicembre 1997, mentre si allenava in palestra. Infarto. C'ero anch'io e non l'ho aiutato.»

Maledizione! Per Anna fu come ricevere un pugno nello stomaco. Perché aveva parlato così? Avrebbe dovuto capire che nella vita di un tipo come Edgar c'era qualcosa di strano.

Rimasero in silenzio per un po'. Anna aveva pronunciato soltanto un «mi dispiace» con un filo di voce che si era perso nel frastuono del motore lanciato alla massima velocità.

Edgar teneva lo sguardo fisso sulla strada. Lei accese una sigaretta e gliela offrì.

«Veramente non fumo. Solo marijuana, una disdicevole abitudine che non riesco a togliermi», disse lui ridendo, poi si infilò la sigaretta tra le labbra e la lasciò lì a consumarsi lentamente.

Tormentata dai sensi di colpa, lei stava per mettersi a raccontare di Tom e del loro bambino, quando lui disse all'improvviso: «Posso capire che qualcuno voglia fuggire, in un giorno particolare. Per me è sempre stata la stessa cosa. In genere trascorrevo il 21 dicembre a Sylt, seduto in spiaggia a fissare il mare. Una volta sono stato anche sulla spiaggia di Città del Capo, ma non era la stessa cosa: troppo caldo, troppo sole. Colonia è un'ottima alternativa».

Anna non fece commenti. Si limitò a togliergli la sigaretta di bocca, con un gesto che subito dopo le parve troppo intimo, e a fumarla.

«Mio padre aveva allestito una palestra nello scantinato. Ci andava sempre non appena tornava a casa dal cantiere. Si sedeva sulla cyclette e pedalava con foga, mentre guardava il telegiornale oppure le notizie di borsa alla televisione. A volte andavo da lui, era il momento migliore per parlargli; se avevo preso un brutto voto, oppure se avevo una nuova ragazza, o se mi servivano dei soldi per un nuovo violino. Quando era su quella maledetta bicicletta era pronto ad ascoltare. E poi quel giorno, era lì che fissava lo schermo, quasi assente, quando all'improvviso ha lanciato una specie di gemito ed è scivolato dal sellino al rallentatore. Ho pensato che volesse farmi uno scherzo, ma poi si è rannicchiato sul pavimento, lamentandosi terribilmente. Aveva la fronte sudata ed era pallido. Io sono rimasto per tutto il tempo seduto sullo sgabello, come paralizzato. Ho impiegato un paio di minuti per tornare in me e correre di sopra a cercare aiuto. Un paio di minuti... forse sono quelli che gli sono mancati. Il medico constatò poi che non era morto subito.»

Edgar rallentò e imboccò l'uscita di un'area di servizio. Non se la sentiva più di guidare – quella confessione lo aveva stremato? Era chiaro che si riteneva responsabile della morte del padre perché non aveva chiamato i soccorsi abbastanza in fretta.

Ma poi Anna si rese conto che era tutto a posto. Edgar accostò semplicemente a una pompa di benzina per fare rifornimento.

Si diede dell'idiota. Lo guardò muoversi con sicurezza, prendere la pistola e infilarla nel serbatoio. Quando tornò dalla cassa, teneva in mano una rosa rossa e gliela porse.

«Tieni, forse potrà servirti. Dopotutto devi incontrarti con l'amante segreto di tua madre, giusto? Il suo amore natalizio?»

«È probabile», confermò lei, «ma la cosa non mi entusiasma di certo. Tutti gli anni andava da lui poco prima di Natale. Forse si trattava di un amore estivo.»

«Io lo trovo fantastico», osservò lui, «che qualcuno rimanga innamorato così a lungo.»

Anna fece un cenno affermativo. Pensò a Tom. Furtivamente, come se non volesse farsi vedere da Edgar, accese il cellulare. Due nuovi messaggi; sua madre era veramente tenace da quel letto d'ospedale. Spense subito l'apparecchio.

«Qualcuno ti ha mai rimproverato di non aver chiamato aiuto abbastanza in fretta?» chiese esitante.

«No», rispose lui, «soltanto io stesso. So che non è così, ma da allora cerco di fare solo ciò che ritengo giusto. Per questo vivo in albergo e ho creato la fattoria; per questo non scendo più a compromessi e vivo come mi pare.»

«E tua madre? Che cosa le è successo?» Anna lo osservò in faccia e vide scomparire l'ombra di sorriso che l'aveva illuminata.

«Era una pianista che non ha mai sfondato. Non è riuscita a superare la morte di mio padre. Lo ha seguito due anni più tardi, per una caduta da cavallo. Ma può darsi anche che l'abbia fatto apposta. Dopotutto io avevo diciassette anni.»

Per un po' nell'abitacolo risuonò solo il rombo del motore. Anna cominciava a sentirsi stranamente bene, seduta lì accanto a lui in silenzio. Forse aveva ragione lui ed era originale recarsi a Colonia con uno sconosciuto per andare a trovare l'amante di sua madre.

«Comunque è vero», disse dopo un po'. «Tom, il tastierista, ce l'aveva con me. Secondo lui non ero stata brava, e poi gli ho detto che aspetto un bambino da lui, e questo l'ha fatto infuriare.»

«Ma sei stata bravissima!» esclamò Edgar. «Oddio, un bambino, congratulazioni. È fantastico! Dobbiamo ricordarci di brindare con dello champagne.»

Un attimo dopo si accese nel cruscotto una spia rossa che Anna non aveva mai visto prima.

Anche Edgar se ne accorse e aggrottò la fronte. «La spia dell'olio. A quanto pare prima dobbiamo risolvere un piccolo problema», disse.

Capitolo 14

Non appena fu uscito dall'ospedale, Robert fu investito da un vento gelido. Era una serata piovosa e ventosa, un tempo orribile, che induceva tutti a restare dentro casa. Si calcò sulla fronte il berretto rosso e avanzò di qualche passo per la strada deserta e silenziosa, cercando di orientarsi. Non riusciva a scorgere da nessuna parte la sagoma illuminata del duomo, ma sulla destra c'era una chiesa, un edificio grigio nell'oscurità.

All'ospedale nessuno l'aveva fermato. Due infermieri all'ingresso l'avevano guardato un po' sorpresi, ma lui li aveva superati mormorando un saluto, poi una vecchia che fumava seduta su una sedia a rotelle gli aveva gridato qualcosa che lui non aveva capito.

Dov'era il duomo? Quale direzione doveva prendere per arrivare all'albergo?

Fatti altri tre passi, si rese conto di trovarsi davanti all'ampio viale che costeggiava il fiume dove il pomeriggio aveva seguito la donna. Gli sembrava che da allora fosse passata un'eternità.

All'ospedale aveva visto che mancava poco alle otto. C'era da sperare che Mara lo stesse ancora aspettando.

Attraversò il lungofiume. Un'auto di passaggio suonò il clacson e una voce gridò: «Buon Natale!»

Robert rispose con un cenno della mano. Aveva freddo. Non sarebbe riuscito a restare a lungo al buio, ma per fortuna non c'era molta gente per strada. A destra riconobbe il massiccio ponte della ferrovia che portava direttamente al duomo. Ancora un paio di metri e la cattedrale illuminata comparve davanti ai suoi occhi.

Un giovanotto che si allenava correndo gli passò accanto e disse: «Dove hai lasciato la slitta?» Poi Robert udì una voce pigolante. «Sei un vero Babbo Natale, tu?»

La voce proveniva dal nulla, dall'oscurità. Robert girò su se stesso. Non c'era nessuno, solo la vegetazione, una panchina vuota e nient'altro.

Stava per rimettersi in marcia, era solo un uomo infreddolito travestito da Babbo Natale. Ma improvvisamente quella voce lo apostrofò di nuovo: «Babbo Natale porta i regali. Anche tu porti i regali?»

Robert si strofinò gli occhi. Possibile che stesse così male da sentire voci immaginarie? Un'imbarcazione stava passando lungo il Reno, dalla riva opposta proveniva una musica confusa. Stava per riprendere il cammino, quando scorse qualcosa con la coda dell'occhio: poco più avanti della panchina c'era un ragazzino che lo guardava tenendo in mano il manico di una carriola di legno su cui era seduto un bambino più piccolo.

Non fermarti! Lo ammonì una voce interiore. *Fa' freddo e hai fretta. Prosegui, raggiungi Mara in albergo.*

Un istante dopo, però, stava tornando verso il ragazzino.

«Che cosa ci fate qui?» domandò con tono severo, per nulla conforme allo stile di un Babbo Natale.

Il ragazzino sorrise. Doveva averer al massimo otto o nove anni; portava un giaccone pesante e un berretto di lana da cui spuntavano ciuffi di capelli biondi. Il bambino più piccolo, invece, doveva avere tre o quattro anni; era rannicchiato nella carriola e lo guardava con occhi stanchi. Era riparato da una coperta.

«Volevamo venire da te», disse il ragazzino.

«Da me?» chiese Robert sorpreso.

«Sì, al mercatino di Natale, dove tu leggi le storie e distribuisci i regali. Me lo ha detto Jonas.»

Robert non chiese chi fosse Jonas. Si guardò intorno. I due bambini sembravano soli, due fuggiaschi che avevano deciso di cercare Babbo Natale.

«Dove sono i vostri genitori?» domandò, pur intuendo perfettamente la risposta.

«Non ha importanza», rispose il ragazzino serrando le labbra con espressione arrogante.

Robert si avvicinò ancora di un passo. Aveva smesso di piovere, ma una raffica di vento dal fiume lo investì facendolo rabbrividire. Doveva andarsene da lì, altrimenti si sarebbe preso una polmonite.

«Come vi chiamate?» domandò al ragazzino.

L'espressione diffidente sul volto del bambino scomparve. «Io sono Mark e lui è Lukas.» Indicò il bambino al quale si chiudevano gli occhi per la stanchezza. «È mio fratello», aggiunse subito dopo accompagnando quelle parole con un sorriso impacciato.

«Siete scappati di casa perché volete andare al mercatino di Natale, è così?» Due passanti li superarono senza mostrare alcuna curiosità, come se non ci fosse niente di strano in un Babbo Natale che parlava con due bambini.

Mark fece segno di sì. «L'ho promesso a Lukas.»

A questo punto il piccolo mosse il capo su e giù, continuando a fissare Robert con gli occhi sgranati.

«Sentite, vi faccio una proposta.» Robert fece un altro passo verso il ragazzino. «Vi accompagnerò al mercatino di Natale se voi in cambio mi dite dove si trovano i vostri genitori. D'accordo?»

Mentre il piccolo continuava a fissarlo come se non avesse capito, Mark gli porse la mano. «Affare fatto», dichiarò, quasi fossero soci d'affari.

Si misero subito in marcia. Robert afferrò la maniglia della carriola e aiutò Mark a tirarsela dietro.

«Da quanto tempo siete in giro?» domandò cercando di informarsi senza darlo a vedere.

«Da oggi pomeriggio alle quattro. Rita esce sempre alle tre e mezza.» Il ragazzino lo guardò come se si fosse tradito già solo per aver pronunciato quel nome.

Robert decise di non chiedergli se Rita fosse sua madre. A giudicare dall'abbigliamento dei due bambini, non navigavano propriamente nell'oro, però non sembravano neppure malnutriti né maltrattati.

Attraversarono l'ampio viale a un semaforo e si diressero verso la stazione. Un numero sempre maggiore di persone veniva loro incontro. Molti guardavano interessati, senza tuttavia dire niente. Evidentemente lo consideravano il padre dei piccoli che si era travestito in occasione delle festività.

«Com'è in cielo?» domandò Mark all'improvviso, dopo un lungo silenzio. «Ci sono gli animali? E piove come qui?»

Robert si fermò stupefatto, guardando il ragazzino.

Davvero credeva che lui fosse un autentico Babbo Natale?

Si schiarì la gola e si raddrizzò la barba. Con una voce profonda e gutturale, come se dovesse calarsi nel proprio ruolo, rispose: «Certo che ci sono animali in cielo. Le renne, ad esempio, ci stanno tutto l'anno».

«E dove hai lasciato la tua renna?» chiese ancora Mark, gettando un'occhiata al fratello nella carriola, come per assicurarsi che seguisse il suo dialogo con Babbo Natale.

«Ho avuto un guasto», spiegò Robert. «Ho dovuto lasciare a casa la mia slitta con Knut, la mia renna. Per questo non porto con me neppure i regali.»

«Niente regali!» esclamò Mark, deluso.

«No, ma è solo una cosa temporanea», aggiunse prontamente Robert. «Il mio elfo si sta già occupando del guasto.» Purtroppo non gli venne in mente il nome di questo elfo.

Giunti davanti alla stazione, Lukas cominciò a farfugliare qualcosa dietro di loro; sembrava che volesse chiamare la mamma.

«Lukas ha fame», spiegò Mark con un'occhiata contrita a Robert.

Naturale, se erano in giro dalle quattro del pomeriggio, il piccolo doveva avere proprio una fame da lupi.

«Avete dei soldi con voi?» domandò Robert, mentre si dirigevano verso l'ingresso della stazione. Un ubriaco, in piedi accanto a un chiosco di frittura, gli rivolse un inchino esagerato, mentre un altro gli gridò sarcastico: «Ehi, Babbo Natale, ti sei perso?»

Robert non badò a loro. Ormai gli battevano i denti per il freddo. Per fortuna dentro la stazione faceva decisamente più caldo.

Mark gli mostrò la mano destra aperta su cui teneva quattro monete. Tre euro e venti.

«Propongo per prima cosa che vi compriate due panini», disse Robert, lanciando un'occhiata amichevole anche al piccolino. Accantonò l'idea di consegnare i due bambini alla polizia ferroviaria. Aveva fatto un patto con Mark e ora doveva rispettarlo.

La galleria con i negozi della stazione era ben riscaldata, e animata da parecchi viaggiatori. Lukas cominciò ad agitarsi sempre di più, ma Mark lo richiamò all'ordine: «Siamo quasi arrivati al mercatino di Natale», sibilò al fratello. «Era dove volevi andare, no? Inoltre se ti comporti male farai arrabbiare Babbo Natale.»

Robert si rese conto che molto probabilmente parlava così solo perché voleva che il fratellino continuasse a credere a Babbo Natale.

Si avvicinò a un chiosco di panini senza perdere di vista i bambini. Alla luce artificiale si vedeva chiaramente quanto fossero consumati i loro indumenti. Inoltre il bambino più piccolo doveva avere una specie di sfogo, perché aveva il collo coperto di pustole rosse.

Con i soldi dei bambini comperò due panini e tornò alla carriola. Il calore gli faceva bene, ma la stanchezza che sentiva gli provocava addirittura la nausea. Avrebbe voluto tanto sedersi da qualche parte.

Mark gli sorrise grato quando lui gli porse il panino, mentre il piccolo Lukas era sempre più insofferente. Si agitava qua e là nella carriola e poi cominciò a urlare.

«Forse si è bagnato», disse Mark impacciato. «A volte se la fa ancora nei pantaloni.»

Robert sarebbe voluto scappare via. Si sporse verso

Lukas e gli accarezzò la guancia, con l'unico risultato di farlo voltare e strepitare ancora più forte. Qualche passante cominciò a notarli.

«Che cos'ha il piccolino?» domandò una donna anziana sotto un ampio cappello di feltro che le nascondeva il viso.

Robert scrollò le spalle. Doveva prendere in braccio Lukas?

Per tranquillizzarlo, gli porse il secondo panino, ma il bambino respinse la sua mano con una forza sorprendente. La donna nel frattempo si era allontanata, però continuava a osservarli.

«Ehi», disse Robert bloccando la mano del bambino. «Io sono Babbo Natale. Non devi farmi arrabbiare. E poi volevi andare al mercatino di Natale, giusto?»

Lukas si gettò all'indietro, mettendosi a strepitare con quanta forza aveva in corpo. Altri viaggiatori lanciarono a Robert occhiate risentite, come se lui avesse picchiato il bambino, mentre Mark si era voltato e mangiava beato il suo panino, chiaramente contento di essere stato sollevato dalla responsabilità del fratello piccolo.

«Lukas, per favore!» Robert strattonò il piccolo, prendendolo per la giacca a vento. «Al mercatino di Natale ti compero lo zucchero filato oppure le mandorle tostate, quello che vuoi. Che ne diresti?» Perché si era fatto coinvolgere da quei due piccoli fuggiaschi? Se li avesse lasciati perdere, a quest'ora sarebbe già stato in albergo insieme a Mara.

«Mark!» chiamò Robert. Il bambino si era allontanato di qualche passo. «Forse non sarebbe una cattiva idea telefonare subito a vostra madre.»

Mark si cacciò in bocca l'ultimo boccone di panino

e lo guardò con aria stralunata, come se lo vedesse per la prima volta. Un attimo dopo Robert si rese conto che lo sguardo del bambino non era rivolto a lui, bensì a due poliziotti in divisa che, a una trentina di passi di distanza, parlavano con la donna con il cappello di feltro e poi guardavano circospetti e con grande interesse dalla loro parte.

«Mark», sibilò Robert, «credo che sarebbe meglio sparire, che ne pensi?»

Il ragazzino annuì. Si capiva che aveva già fatto qualche brutta esperienza con la polizia.

Robert si avvicinò alla carriola e trascinò il piccolo Lukas tanto impetuosamente con sé, da farlo smettere di urlare per la sorpresa.

Un attimo dopo erano nel salone centrale, dove speravano di potersi confondere tra la folla e di sfuggire all'attenzione dei due poliziotti.

Capitolo 15

Edgar riuscì a portare la Golf fino all'area di servizio successiva, procedendo tuttavia a velocità assai ridotta sulla corsia di destra. Persino i pochi camion sull'autostrada li superavano lampeggiando con gli abbaglianti.

«Probabilmente è la pressione dell'olio», disse. «Speriamo che qualcuno possa riparare il guasto. Altrimenti faremo venire un meccanico specializzato.»

«Fantastico!» commentò Anna laconica. Era stanca morta e voleva soltanto mettersi a dormire. Cominciava a pensare che l'idea di andare fino a Colonia non fosse stata poi così eccezionale.

Edgar parcheggiò la Golf dietro i distributori e si allontanò con un sorriso.

Quando riaccese il cellulare, Anna constatò che Tom non l'aveva ancora richiamata. Doveva farlo lei? No, non gli avrebbe dato questa soddisfazione. Probabilmente lui era rimasto alla festa di Natale dei pubblicitari solo per farle un dispetto. Anna se lo immaginava che teneva tra le braccia e baciava la donna bionda e fu assalita da una grande tristezza.

Chiuse gli occhi e appoggiò la fronte al finestrino. Il

silenzio era interrotto soltanto dal rombo incessante delle auto sull'autostrada.

All'improvviso le tornò in mente ciò che aveva detto Edgar, che lei doveva raccontargli i propri sogni. Come gli era venuta in mente una cosa del genere? Tuttavia, non aveva forse ragione? Il Natale non era fatto apposta per guardarsi dentro e riflettere su ciò che si desiderava veramente?

Quel mattino era stata ancora animata dalla convinzione che il proprio sogno avesse a che fare con la musica e con Tom, ma adesso non era più tanto sicura. Mentre cantava *Fever*, lo aveva sorpreso a guardare il pubblico con espressione affettata, probabilmente aveva già individuato la bionda. A volte era fatto così, e quando aveva bevuto, diventava imprevedibile.

Sentendo Pluto guaire nel portabagagli, scese e lo fece uscire. Faceva freddo e cadeva una pioggerellina leggera. Il cane trotterellò sull'asfalto fino al cespuglio più vicino. Lei lo seguì controvoglia. Due lepri fuggirono a balzi. Fatti tre passi tra la vegetazione, Anna si trovò di colpo davanti a una panchina e un tavolo di cemento consumati dalle intemperie. Qualcuno forse pensava che gli automobilisti potessero fare un picnic proprio lì? Era assurdo! Pluto individuò una traccia e si mise a seguirla felice, mentre lei si appoggiava alla panchina e tirava fuori una sigaretta.

Quando il telefono squillò, lei comprese all'istante che era sua madre. Valutò per un attimo il da farsi, poi rifiutò la chiamata. Non aveva proprio nessun bisogno di sentirsi rivolgere rimproveri e incoraggiamenti. Avrebbe preferito piuttosto chiamare il padre, solo per sentire la sua voce pacata e tranquilla. Lui non l'aveva mai rimproverata, qualunque cosa facesse, neppure quando aveva interrotto gli studi artistici e si era messa a lavorare per due anni tutte le sere in un cocktail bar che non godeva di ottima reputazione.

Da lontano le giunse un abbaiare eccitato. Pluto, quell'idiota, doveva essersi addentrato nel bosco. I suoi richiami diventavano sempre più frenetici e nel contempo più distanti.

Anna si staccò dalla panchina e lo chiamò. «Pluto! Vieni qui!» Adesso si era aggiunto l'abbaiare di un altro cane in lontananza. Lei avanzò nell'oscurità. Il terreno era bagnato e viscido e un istante dopo lei perse l'equilibrio, rischiando di scivolare lungo un pendio. Riuscì ad aggrapparsi a un albero prima di finire lunga distesa. Maledizione! Lanciò un gemito e cercò di guardarsi intorno. Era buio pesto. Non c'erano luci in giro, neppure una stella in cielo. No, anzi, davanti a lei da qualche parte scorgeva la luce di un lampione. Si rese conto di trovarsi su un viottolo di ghiaia. Il rumore dell'autostrada le giungeva molto attutito. Cercò di individuare da che parte provenisse; ci mancava soltanto che si fosse persa.

Pluto non dava più segno di sé. Lentamente si avviò verso l'unica luce, probabilmente da qualche parte c'era una casa isolata. Possibile che Pluto fosse stato attirato dagli odori domestici? Imprecò tra sé. Quando portava a spasso quell'idiota lungo l'Alster, lui si allontanava al massimo di una ventina di metri.

Fece un passo e finì dentro una pozzanghera, così profonda che l'acqua le entrò nella scarpa. Dannazione! Imprecò di nuovo e chiamò Pluto rabbiosamente. Ma le rispose solo il silenzio. Le era venuta quasi voglia di tornare indietro. Così Pluto imparava. Ma come lo avrebbe spiegato poi a sua madre, confinata in un letto d'ospedale, che la tempestava inutilmente di telefonate?

Anna proseguì. La strada curvava leggermente, o almeno così le parve. Era sempre in ascolto, e quando chiamò di nuovo Pluto, la sua voce echeggiò desolata nel silenzio.

All'improvviso scomparve anche l'unica luce davanti a lei. Il fruscio lontano dell'autostrada era sparito del tutto.

Si fermò in mezzo alla strada e si guardò intorno. Maledizione, si era persa in quella totale oscurità. Tirò fuori il telefono. La luce del display le diede quasi conforto. Compose con dita febbrili il numero di Tom.

Lui rispose al terzo squillo, ma invece di mostrarsi felice della sua chiamata, si limitò a dire: «Scusa, ora non ho tempo. Puoi telefonarmi più tardi?» In sottofondo si sentiva della musica assordante e un brusio di voci. Riattaccò senza neppure salutarla.

Lei provò l'impulso di scaraventare il telefono contro un albero.

Poco dopo scorse un'ombra piccola e tozza che le trotterellava incontro. Pluto teneva il muso basso con l'aria colpevole. Contrariamente alle sue abitudini, si strusciò alla sua gamba come un gatto.

«Eccoti qua», disse Anna, sfinita e senza la minima traccia di collera. Il cane si mise subito a scodinzolare. «Torniamo indietro, di sicuro Edgar ci starà aspettando.»

Da che parte doveva andare, però? Anna fece un giro su se stessa, senza tuttavia riuscire a determinare quale direzione prendere in quella totale oscurità. Anche Pluto la guardava perplesso.

Si voltò ancora e imboccò la stradina sterrata che tuttavia, dopo una ventina di metri, compiva una curva brusca. Il suo telefono ricominciò a squillare e lei fu sul punto di rispondere, se non altro per informare la madre di essersi persa e per rinfacciarle che era colpa sua. Ma poi le parve di udire a una certa distanza una musica. Sì, era un violino che suonava una tenera melodia. Doveva essere Edgar, sicuramente, e in effetti una figura spuntò davanti a lei con un braccio levato verso il cielo. Dal piccolo registratore che stringeva in mano risuonavano le note di un violino.

Anna si affrettò verso di lui e si trattenne solo all'ultimo istante dal gettargli le braccia al collo.

«Ma dove eravate finiti?» Edgar sorrideva, però si capiva che era un po' preoccupato. «Mi è venuto da pensare che volessi raggiungere Colonia a piedi.» Stava fumando una sigaretta. Chiaramente marijuana.

Anna gli andò vicino. «Colpa del cane...» balbettò. «Mi sono persa.»

Lo disse come una confessione.

Edgar ritrovò la strada del ritorno con la sicurezza di un sonnambulo. Mentre risalivano uno stretto sentiero che portava all'area di servizio, lui le prese la mano. Lei lo lasciò fare, ma poi si staccò una volta giunti al parcheggio.

«Devo darti due notizie, una buona e una cattiva», annunciò Edgar con espressione seria, però Anna si rese conto che dietro l'apparente gravità si nascondeva un sorriso.

«Prima dammi quella cattiva», disse.

«Il motore è fuso, bisogna cambiarlo. Mi spiace.» Scrollò le spalle. «Evidentemente ho chiesto troppo al tuo vecchio macinino.»

«Non è un vecchio macinino», obiettò piano Anna, ma Edgar non le diede ascolto.

«E adesso la buona notizia», proseguì. «Ho trovato un altro mezzo di trasporto, una vera figata.» Indicò davanti a sé, verso il parcheggio dietro il distributore. Accanto alla Golf c'era un'ambulanza rosso acceso. Nient'altro.

«Un'ambulanza? Come facciamo a proseguire su un'ambulanza?» domandò Anna guardandolo perplessa.

«No, Anna, guarda meglio!» Lui la prese nuovamente per mano e la trascinò con sé. «Un tempo era un'ambulanza, ma il benzinaio l'ha trasformata. Adesso è una casa mobile. Così abbiamo risolto anche il problema del pernottamento per stanotte.»

Pluto cominciò a saltellare intorno a loro, abbaiando eccitato e felice.

«Due posti letto, lavandino, televisione, toilette, tutto quello che serve. Con un mezzo del genere si può fare il giro del mondo. Il benzinaio del resto ce l'ha fatto.» Edgar le rivolse un sorriso soddisfatto. «Mi sarebbe piaciuto comprarlo direttamente, ma ho potuto solo noleggiarlo per una settimana. Non lo trovi fantastico?» Era felice come un bambino che ha ricevuto un nuovo regalo.

«Per una settimana? Sei pazzo! Tra quattro giorni è Natale», esclamò Anna, mentre lui si allontanava per aprire il portellone posteriore, ancora in tutto e per tutto uguale a quello di un'ambulanza.

«Ci fermeremo una notte a Colonia, poi andremo al mare. Se vuoi posso portarti alla mia fattoria. Per la vigilia sarai di ritorno.» Spinse all'indietro la parte sinistra del portellone rivelando all'interno un tavolo, una panca e una credenza. Sulla panca aveva già sistemato il violino e la rosa che aveva acquistato poco prima. L'arredamento non era esattamente lussuoso.

«Oggi dev'essere proprio la mia giornata fortunata.» Edgar richiuse il portellone. «Ma adesso sarà meglio che ci sbrighiamo. Probabilmente l'amante di tua madre è già piombato nella più tetra disperazione.»

Ad Anna tornò in mente di non avergli rivelato di aver disdetto l'appuntamento un paio d'ore prima, usando il nome della madre.

Era probabile che quel misterioso amante fosse già ripartito da tempo.

Capitolo 16

I poliziotti li avevano seguiti, come Robert constatò lanciando una fugace occhiata alle proprie spalle. Si chiese se fosse meglio fermarsi e raccontare loro la verità, di essere fuggito una mezz'ora prima dall'ospedale e di aver incontrato i bambini solo pochi minuti prima per strada. Poi ci ripensò.

Mark correva accanto lui. Gli gettò un'occhiata. I passanti che incrociavano la loro strada imprecavano quando la carriola li ostacolava. Gli agenti si guardavano intorno concentrati. Forse avevano perso le loro tracce.

Riuscirono a guadagnare il piazzale. Il duomo si ergeva imponente davanti ai loro occhi. *Devo andare in albergo?* si domandò Robert. Sì, forse sarebbe stata la soluzione migliore. Così avrebbe potuto togliersi quel costume rosso e, tornato in possesso dei documenti, sarebbe diventato nuovamente una persona a tutti gli effetti, il rispettabile dottor Robert Faber di Schondorf sull'Ammersee, al cui racconto la polizia avrebbe dato credito senza difficoltà.

Mark tuttavia aveva svoltato a sinistra. Robert lo seguì, mentre Lukas era sempre più irrequieto, sballottato di qua e di là nella carriola che sobbalzava sul selciato. Proprio in quel momento anche gli agenti sbucarono sul piazzale.

«Ehi, fermi!» intimarono. Uno di essi, una donna con una coda bionda, si mise a correre verso di loro.

Senza riflettere, Robert sollevò il piccolo Lukas dalla carriola, se lo strinse al petto e partì di corsa. Mark aveva già una ventina di metri di vantaggio. Imboccò un sottopassaggio davanti alla recinzione di un cantiere edile.

«Aspetta!» gli gridò Robert, ma il ragazzino non si voltò neppure.

Lukas lo fissava con gli occhi sgranati, curioso, ma per niente spaventato. Al contrario, sembrava divertirsi per quella corsa. Non si era neppure bagnato, quantomeno aveva i calzoni asciutti.

Robert sentì che gli agenti gridavano qualcosa alle sue spalle, ma non davano l'impressione di essersi avvicinati.

Mark attraversò di corsa la strada, schivando un'auto che strombazzò forte.

Robert aveva il fiato corto, Lukas era sempre più pesante da tenere in braccio. *È una follia*, pensò. *Che cosa sto facendo?*

Il sottopassaggio terminava con due uscite. Mark prese quella di sinistra, infilandosi in un tunnel pieno di immondizia. Robert strinse più forte Lukas. Si voltò e constatò che non c'era più traccia della poliziotta. Aveva rinunciato all'inseguimento? Sbagliato, stava giusto arrivando a passo di corsa. Quantomeno c'era un'ombra che li inseguiva. Sul lato sinistro l'asfalto era stato divelto, e lui e rischiò di inciampare.

Mark era a cinque passi da lui. Spalancò la porta d'una baracca da cantiere che sorprendentemente si aprì e saltò dentro. Robert lo seguì, salendo i tre scalini di legno.

Poi Mark richiuse la porta e girò la chiave nella serratura. Rivolse un sorriso trionfante a Robert e indicò al fratello di non fiatare.

Lukas per fortuna annuì e si portò un dito alle labbra, come se fosse un gioco.

Robert si lasciò cadere su una sedia di metallo, sempre tenendo in braccio Lukas. Era stremato. Grazie al cielo dentro la baracca non faceva freddo.

Un attimo dopo qualcuno provò ad aprire la porta. Una voce gridò. L'unica finestra non dava verso la strada, ma contro un muro grezzo. Nessuno avrebbe potuto guardare all'interno. La sola illuminazione era il fioco chiarore di un lampione.

«Dobbiamo restare in silenzio», bisbigliò Robert. «Allora non ci accadrà niente.»

Con un cenno d'assenso Mark si mise a sedere sulla panca di legno, mentre Lukas respirava a bocca aperta.

Rimasero seduti così nell'oscurità, tre ombre quasi perfettamente immobili.

L'unico rumore era quello delle auto di passaggio. Niente voci, niente colpi alla porta.

«Sei un Babbo Natale eccezionale», disse Mark dopo un po', rompendo il silenzio.

«Mi chiamo Robert Faber», replicò Robert, «e non sono un Babbo Natale.»

Mark rise, come se fosse una battuta di spirito, poi anche Lukas scoppiò in una risata argentina e spensierata.

«Adesso dovete dirmi chi siete», proseguì Robert. Stranamente anche lui si sentiva prossimo al riso. Il respiro gli era tornato regolare e il cuore non gli batteva più impetuoso in petto. Dal corpo di Lukas gli arrivava un benefico calore infantile.

Mark si alzò, passò intorno al tavolo, e un istante dopo una lampada appesa al soffitto della baracca si accese.

Lukas batté le palpebre e Robert si rese conto delle misere condizioni della baracca. Da una parte erano appesi giubbotti da lavoro ed elmetti protettivi gialli. Su uno scaffale d'alluminio c'erano diversi attrezzi da lavoro. Mark aveva scoperto una confezione di biscotti sulla quale si gettò famelico. Ne porse uno a Lukas, che lo prese senza indugio.

«Lukas è veramente tuo fratello?» domandò Robert. Non riusciva a spiegarselo, ma sentiva la necessità di spingere il ragazzino a parlare.

Mark annuì, mentre divorava un biscotto dopo l'altro.

«Siete scappati di casa, vero? Non c'è nessuno che sia in ansia per voi?»

Invece di rispondere, Mark si limitò a scrollare il capo. Lukas mangiava di gusto. Prima leccò la copertura di cioccolato dal biscotto, poi ne staccò un pezzettino e lo rimirò a occhi spalancati prima di infilarselo in bocca.

«Peccato che tu non sei un vero Babbo Natale», disse Mark, «e adesso abbiamo perso anche la carriola.» Per un po' si udì solo l'allegro sgranocchiare dei bambini.

Robert chiuse gli occhi per qualche istante. Era stanco e sfinito, eppure aveva la sensazione di aver fatto qualcosa di buono, salvando i due bambini dalla polizia.

«Non avete più i genitori?» chiese poi. «Da qualche parte dovrete pur abitare.»

«Possiamo restare qui per stanotte?» domandò Mark con un'occhiata implorante.

«Sì, qui», cinguettò improvvisamente Lukas, girando la testa verso di lui. Quando sorrise Robert vide i suoi minuscoli dentini da latte.

Robert scrollò il capo. «Prima devo sapere da dove venite. Ci sarà pure qualcuno che si prende cura di voi. E poi non è stato giusto scappare così dalla polizia», aggiunse severo.

Mark tolse dallo scaffale una bottiglia di Coca Cola aperta e se la portò alla bocca. Ne bevve la metà tutto d'un fiato, poi la passò a Lukas, che aveva già proteso le braccia protestando a gran voce.

«Noi abitiamo qui», dichiarò Mark con una feroce determinazione che Robert non aveva mai sperimentato in un bambino. «Nessuno sentirà la nostra mancanza.»

Tirò fuori dal giubbotto una cartolina spiegazzata. Raffigurava un vecchio edificio, simile a una scuola. Sul retro.Robert lesse faticosamente alla fioca luce le parole *Raphaelshaus, Dormagen.*

«Un orfanotrofio?» Lanciò un'occhiata interrogativa a Mark, mentre Lukas continuava a bere dalla bottiglia di Coca Cola. «Siete scappati da un orfanotrofio?» Dove si trovava Dormagen? Vicino a Colonia? Non ne aveva la minima idea.

«Abbiamo litigato», rispose Mark con distacco. «Non vogliamo più tornare lì, mai più. L'ho promesso a Lukas.»

Rimasero seduti ancora un po' in silenzio, quasi temessero che la polizia potesse tornare. Ma vedendo che Lukas minacciava di addormentarsi tra le sue braccia, Robert si alzò. Doveva assolutamente andare in albergo. Si era completamente scordato di Mara. Si augurava che lo stesse ancora aspettando. Era la loro giornata, il 20 dicembre, ma che cosa era successo quell'anno?

«Potete venire con me», disse a Mark. «Sto in un albergo qui vicino.»

Mark annuì in silenzio. Sul suo volto tuttavia traspariva una profonda diffidenza.

Aprirono la porta della baracca con circospezione e guardarono la strada. I fari di un'auto li accecarono, un istante dopo una Mercedes scura li superò rombando. Non c'era traccia di poliziotti da nessuna parte.

Tenendo in braccio Lukas e per mano Mark, Robert ripercorse la strada fino alla stazione. La carriola era scomparsa. A Robert parve di scorgere nell'angolo più lontano del piazzale un paio di punk che avevano messo due cani nella carriola e li portavano in giro sghignazzando.

Di certo dobbiamo dare un'impressione bizzarra, pensò, *un Babbo Natale tutto arruffato e due piccoli fuggiaschi.*

Mara avrebbe fatto tanto d'occhi.

Giunti di fronte al duomo, Lukas cominciò a divincolarsi tra le sue braccia. Robert lo posò a terra e il bambino corse verso la cattedrale e la toccò con le mani, come se non avesse mai visto un edificio simile e dovesse accertarsi che fosse reale. Anche Mark guardava la facciata con occhi ammirati.

«Là!» gridò un attimo dopo al fratellino. «Ecco là il mercatino di Natale! Ce l'abbiamo fatta, te l'avevo promesso!» Gettò le braccia in aria come uno scalatore che ha appena raggiunto la vetta più alta del mondo.

Robert comprese che i due bambini non avevano mai visto un mercatino di Natale in vita loro. Lui stesso aveva l'impressione che le luci e le bancarelle fossero una specie di miraggio dopo quella lunga e inconsueta giornata. Stava fermo lì, stupito, ascoltando la musica, inebriato dai profumi di vin brulé e dolciumi, come se li sentisse per la prima volta.

Un piccolo istante di magia, in cui mancavano solo Mara e il loro tango di Natale.

Capitolo 17

Il cellulare squillò poco prima di Colonia. Dopo essersi persa nel buio, si era completamente dimenticata di spegnerlo.

«Rispondi», la spronò Edgar, che sedeva al volante del furgoncino fiero e soddisfatto come un camionista. «Dev'essere tua madre, di sicuro è angosciata perché non ti sei fatta sentire.»

«È possibile», disse Anna, accorgendosi di avere il tono di un'adolescente contrariata. Tirò fuori il telefono e guardò sul display, per controllare che invece non si trattasse di Tom che voleva mettersi in contatto con lei.

Quando riconobbe il numero e accettò la chiamata, non riuscì a trattenere una smorfia involontaria.

«Mara», disse con una traccia di nervosismo nella voce, «siamo in viaggio. Purtroppo abbiamo avuto un guasto, ma tra mezz'ora arriveremo.»

In realtà si era aspettata che la madre la ricoprisse di rimproveri, invece, per un po', sentì solo il suo respiro prolungato. La madre stava fumando. Com'era possibile? La dottoressa Mara Simon, il fanatismo salutistico fatto persona, era in un letto d'ospedale e fumava una sigaretta.

«Che cosa ti succede?» chiese Anna più disponibile. Si accorse che Edgar la guardava sorridendo, come se volesse indurla a mantenersi gentile.

«Lo so che hai telefonato e hai detto che non sarei andata all'appuntamento», replicò la madre asciutta. «Ma ora non ha più importanza. Lui non c'è. Continuo a chiamarlo in albergo, però è scomparso.»

«Significa che abbiamo fatto questo viaggio a vuoto?» Anna rise suo malgrado.

«Non lo so», rispose la madre con voce disperata. «Non riesco a capire. Deve essere successo qualcosa. Robert non mi farebbe mai una cosa del genere, questo è sicuro. È arrivato in albergo, ha portato le sue cose in camera ed è uscito. E da allora nessuno l'ha più visto. Speriamo che non gli sia accaduto niente.»

«Ti ringrazio davvero», esclamò Anna sarcastica. «Mi fa piacere che tu mi abbia fatto venire fin qui a porgere i tuoi saluti a un fantasma.» Era tipico di Mara, la madre non le dava mai pace. Aveva sempre qualcosa che la tormentava, quasi non riuscisse a sopportare che la sua unica figlia conducesse una vita propria.

«Volevo dirti ancora una cosa», riprese Mara sottovoce. «Ho parlato con tuo padre. Vorrei dirti...»

«Puoi raccontarmelo domani, quando tornerò», la interruppe Anna. Poi chiuse la comunicazione.

Edgar le rivolse un'occhiata interrogativa, senza dire niente. Il motore rombava così forte che Anna preferì rifugiarsi nel silenzio. La sua mente continuava a ruotare intorno a Tom e al bambino. Forse era meglio se lo evitava per un po' e accettava l'invito di Edgar di trascorrere qualche giorno in giro con lui.

Poco più tardi lui lasciò l'autostrada e imboccò la superstrada per Colonia.

«Possiamo anche tornare indietro», disse Anna a quel punto. «L'uomo che cerchiamo è scomparso, è sparito dalla faccia della terra.»

All'orizzonte comparve la sagoma illuminata del duomo. Anna c'era stata un paio d'anni prima per uno spettacolo. Ricordava ancora di essersi esibita di fronte a un'orda di gente in costume, perché non avevano capito che erano stati ingaggiati per una festa di carnevale. Era stata un'esperienza penosa.

Edgar rise. «Potremmo metterci sulle sue tracce come due detective», disse. «Oppure facciamo un giro intorno al duomo, poi cerchiamo un posto dove fermarci in riva al Reno e passiamo il resto della notte a guardare il fiume. Non è così facile rimuovere un'ambulanza.»

«Non si può fare il giro intorno al duomo», spiegò Anna. «Ci sono troppi gradini.»

«A me comunque fa davvero molto piacere essere qui con te», ribatté Edgar. «Ti confesso che ho molto appetito, mi andrebbe di cenare in un ristorante coi fiocchi: un menù a quattro portate.»

«Forse all'hotel Duomo il ristorante resta aperto fino a tardi.» Anna soffocò uno sbadiglio. Magari non sarebbe stata una cattiva idea prendere una camera, anziché trascorrere la notte nell'angusto furgone. Il conto l'avrebbe pagato sua madre. Quindi potevano tranquillamente scialare.

Attraversarono un lungo ponte. Edgar mise la freccia e prese l'uscita subito dopo il Reno.

«Tu sei già stato a Colonia, vero?» domandò Anna. L'uscita era talmente nascosta che chi non la conosceva, l'avrebbe sicuramente superata senza vederla.

Edgar fece un cenno affermativo. «Mia madre ha studiato musica qui e dopo la sua morte ho pensato che fosse giusto emularla. Mi sono esibito al Conservatorio, ma purtroppo non era la mia giornata migliore. E poi sono rimasto seduto per due mattine di seguito fuori dall'ingresso, perché volevo vedere di persona il grande compositore Stockhausen.»

«E ci sei riuscito?»

«Sì, ma non ho avuto il coraggio di rivolgergli la parola. Mi dava l'impressione di essere un vecchio triste, non una persona con la testa piena di sinfonie.»

Anna scoppiò a ridere. «Certo che fai un sacco di cose strane.»

«Non abbastanza», rispose lui serio. «Mi piacerebbe trascorrere una notte intera da solo dentro il duomo di Colonia, oppure farmi rinchiudere in qualche museo e restare a guardare un quadro soltanto. Al museo Ludwig qui a Colonia è esposto il quadro di Paul Klee, *Strada Principale e Strade Secondarie*. Un tempo pensavo che avrei dovuto suonare il violino così come dipingeva Paul Klee.»

Costeggiarono il Reno sotto una pioggia leggera. Anna non sapeva proprio che cosa fare. Aveva veramente intenzione di trascorrere la notte con Edgar? Erano passate da poco le undici. Il 20 dicembre stava per finire. Tra poco sarebbe iniziato il 21, l'anniversario della morte del padre di Edgar, se ciò che le aveva raccontato era vero, ma forse era meglio non ricordarglielo.

Quando il furgone rallentò, Pluto, rimasto accovacciato per tutto il tempo ai suoi piedi, si ridestò e la guardò assonnato.

«Anche lui ha fame», osservò Anna.

Edgar imboccò un dedalo di viuzze, superando agilmente cantieri e ostacoli, e alla fine si trovò davanti al duomo, che sorgeva illuminato e imponente tra le case.

«Hai visto che si può fare il giro intorno al duomo? Una volta l'ho fatto con un motorino», disse lui.

Poi frenò bruscamente. Davanti a loro c'era il mercatino di Natale. Le bancarelle erano buie e sbarrate, solo le luci all'ingresso erano accese. Due ragazzini vagavano tra i banchi e un uomo malandato, vestito da Babbo Natale con un berretto rosso, spingeva un carrello della spesa vuoto.

«Capolinea!» annunciò Edgar, poi si chinò di lato e la baciò sulla guancia. «Speriamo di riuscire a mangiare qualcosa. Le belle donne incinte hanno bisogno di vitamine.» Afferrò la custodia del violino, la rosa rossa e scese dall'automezzo che aveva parcheggiato di traverso accanto a una bancarella natalizia.

Capitolo 18

I bambini occupavano la metà del letto che in realtà apparteneva a Mara. Si erano stretti l'uno all'altro. Erano magri e pallidi. Lukas si era infilato il pollice in bocca. Aveva il collo e il busto coperto di piccole vesciche rosse, probabilmente un'allergia al latte. Insieme avevano l'aria sperduta e fragile. Due naufraghi in un hotel di lusso.

Robert si era fatto portare in camera due cotolette con patatine fritte – era quello che gli avevano chiesto. Lui stesso era troppo stanco e giù di morale per mangiare qualcosa. Aveva dovuto raccontare loro la storia di come era entrato in possesso del suo costume da Babbo Natale. Siccome non gli era venuto in mente nient'altro, aveva detto la verità; molto probabilmente i bambini non erano riusciti a seguire il suo discorso.

Mara non era arrivata – aveva telefonato. Si era sentita male, forse aveva avuto un incidente. Non avevano saputo dirglielo con precisione. Il portiere si era confuso nel riferirgli ciò che lei aveva detto a lui o al suo collega per telefono. Ma era anche possibile che quell'anno non volesse vederlo e avesse trovato una scusa banale. La testa era tornata a pulsargli dolorosamente. La stanchezza gli riempiva la mente di pensieri oscuri e angosciosi.

Che giornata insolita! Sembrava quasi impossibile che poco più di dodici ore prima lui si trovasse sulla tomba di Linda. Sentiva la sua mancanza, sentiva la mancanza di Mara e aveva l'impressione di non riuscire a controllare la propria esistenza.

Il vecchio registratore lo fissava muto e spietato – quel giorno non avrebbe trasmesso nessun tango. Ma, se doveva essere proprio sincero, non aveva mai compreso quel ballo. Era sempre stato il ballo di Mara. Sinistra, destra, giro – non era mai riuscito a padroneggiare neppure i passi di base, e non aveva mai avvertito la profonda emozione legata a questo ballo. Non era un giovane argentino focoso, lui era un tedesco di quasi sessant'anni.

Il sogno di trascorrere il resto della vita insieme a Mara non si sarebbe mai realizzato.

L'indomani avrebbe telefonato alla polizia e avrebbe confessato tutto, la fuga dall'ospedale e i bambini che aveva portato con sé. Li avrebbero ricondotti all'orfanotrofio, e lui sarebbe tornato sull'Ammersee. Forse era il caso di ripensare seriamente all'ipotesi di lasciare la professione così presto.

Quando bussarono alla porta, lui si accorse di non essersi neppure cambiato. Portava ancora i calzoni troppo stretti da infermiere e sopra il costume rosso da Babbo Natale.

Deve essere la polizia, pensò assalito dai sensi di colpa, ma era un'idea ridicola. Come avrebbero potuto rintracciarlo lì?

Socchiuse la porta. In corridoio c'era un giovane sui venticinque anni, chioma bionda e giubbotto giallo.

«Desidera?» Robert era perplesso.

Il giovane gli porse una rosa. Aveva un aspetto trasandato, sembrava uno di quei ragazzi che la sera vendono rose nei locali, ma che di solito non bazzicano posti come l'hotel Duomo. «Siamo venuti a porgerle dei saluti», disse lo sconosciuto sorridendo. «Entrambi!» Si voltò e solo allora Robert notò la ragazza alle sue spalle. Aveva lunghi capelli neri e non dava l'impressione di volersi avvicinare. Teneva al guinzaglio un labrador nero.

«Non capisco», replicò Robert, anche se nella sua mente si andava formando un'ipotesi.

«Mara purtroppo non è potuta venire – ha avuto un incidente. Possiamo entrare?» Il giovane teneva sempre in mano la rosa.

Robert guardò con aria impacciata i propri abiti. Doveva dare un'impressione ridicola, ma a quel punto era troppo tardi per cambiarsi. Per fortuna almeno si era tolto il berretto e la barba finta.

«Prego, accomodatevi», disse sottovoce, aprendo la porta.

Il giovane rivolse alla ragazza un cenno d'incoraggiamento con la rosa. Lei rimase dov'era, incerta se seguirlo. Sembrava quasi infreddolita.

Si muove come una ballerina, pensò Robert. Aveva occhi soltanto per lei e sentiva che il cuore gli accelerava in petto. Aveva già visto una volta una donna altrettanto bella, era accaduto esattamente trentuno anni prima e anche allora gli aveva tolto il respiro. Al loro primo incontro Mara aveva avuto lo stesso portamento elegante e raffinato; era stato nella lobby dell'hotel. Se la ricordava ancora perfettamente: lei portava un paio di jeans, proprio come la giovane che aveva davanti ora, e un pullover verde che poi quella notte si era tolta.

Robert indicò il tavolino antico e le tre poltrone che lo circondavano. Per fortuna la camera era molto spaziosa. Per ballare il tango avevano bisogno di spazio.

«Vi prego di scusare il mio abbigliamento», si affrettò a spiegare, «ma è stata una giornata davvero particolare.»

«Ha già altri ospiti?» Il giovane aveva visto i due bambini addormentati, ma non parve eccessivamente sorpreso dalla cosa. Posò sul tavolino la rosa che Robert non gli aveva preso. Nell'altra mano reggeva la custodia consunta di un violino.

«Già, due piccoli fuggiaschi.» Robert indicò ai nuovi arrivati di prendere posto. «Anche loro fanno parte della mia strana giornata.»

La giovane si mise a sedere e lo osservò con timidi occhi azzurro scuri. Anche le mani ossute gli ricordavano Mara. Il cane si accovacciò ai suoi piedi, tenendo le orecchie dritte e in ascolto.

«Veniamo direttamente da Amburgo», spiegò lo sconosciuto. «Io mi chiamo Edgar, e lei è Anna. È...»

«Sì, l'ho capito», lo interruppe Robert guardando la ragazza. «Lei è la figlia di Mara, giusto? E da molti anni si chiede come mai sua madre ogni Natale fa un viaggio a Colonia.»

La donna lo guardò apertamente per la prima volta. Non si capiva bene se fosse irritata dall'imbarazzo di lui, oppure se si sentisse a sua volta impacciata.

«Sì, è così», confermò con un filo di voce. Anche la sua voce lieve e un po' affannata gli ricordava quella di Mara. «Veramente però mi ha mandato qui mia madre. Ha voluto a tutti i costi che venissi e la incontrassi. Non so perché.» Scrollò le spalle, in una maniera che gli fece salire le lacrime agli occhi.

Per qualche istante nessuno dei tre seppe come

rompere il silenzio che all'improvviso si era posato su di loro. Lukas borbottò nel sonno. Fu Edgar a parlare per primo. «Ho investito Mara con lo scooter. Stava portando a spasso Pluto, il suo cane. È stato un increscioso incidente. Si è rotta qualche costola. Per questo è all'ospedale.»

«All'ospedale? Anch'io ero all'ospedale.» Robert rivolse lo sguardo sulle proprie mani, per non continuare a fissare Anna. Avrebbe tanto voluto porle tutte le domande che gli si agitavano in testa: Quanti anni ha? Che cosa fa? Che effetto fa essere la figlia di Mara? E perché non mi ha mai raccontato di lei? «È per questo che porto questo ridicolo costume», proseguì invece. «Me ne sono andato di nascosto e non avevo nient'altro da indossare. Volevo assolutamente vedere sua madre.» Pronunciò l'ultima frase come una confessione. Fu costretto a guardare di nuovo Anna.

Lei ricambiò lo sguardo senza manifestare alcuna emozione.

«Amo Mara già da molti anni. E oggi... quest'anno, volevo...» Distolse lo sguardo, tacque e fece un gesto vago della mano verso la stanza. «A mezzanotte balliamo sempre un tango, come facemmo trentuno anni fa a New York, quando ci conoscemmo. È il nostro rito. E poi...» Tacque di nuovo. Era davvero necessario che spiegasse tutto sperando di essere compreso?

Lukas mormorò altre parole incomprensibili. A Robert parve di cogliere qualcosa come «caro Babbo Natale».

«Ballate un tango?» Edgar sorrise. «Magnifico.» Si sporse in avanti e prese la custodia del violino che aveva appoggiato accanto alla poltrona. «Se vuole, potrei suonare un tango. Il violino in realtà non è uno strumento molto adatto a questo tipo di musica, diversamente dalla fisarmonica, ad esempio.» Si posò il violino sulla spalla con la disinvoltura di un professionista e suonò un accordo. «Forse anche Anna avrebbe voglia di ballare. Che ne dici, Anna?» chiese allegro. «Tua madre di certo sarebbe felice se ballassi al posto suo...»

Lei scrollò il capo. «Non sono capace.» Tuttavia si alzò.

Il cane la imitò all'istante, osservando con attenzione ogni suo movimento.

«Non è poi così difficile», disse Robert quasi suo malgrado. «L'uomo parte col piede sinistro, poi muove il destro. Sinistra, destra, sinistra, tre passi sul posto, formando un otto.» Le mostrò come.

Anna aggrottò le sopracciglia. «Lei per caso è un maestro di ballo?» domandò in tono brusco.

No, pensò Robert. *Vorrei solo stringerla tra le braccia, come la giovane Mara tanti anni fa. Tutto qui.* A voce alta disse: «Sono medico, come sua madre».

«Anna è una cantante molto dotata», osservò Edgar. «Ma, come la maggior parte dei musicisti, non ama danzare.» Suonò di nuovo una breve melodia.

Robert ebbe l'impressione di riconoscere il ritmo di un tango.

Protese le braccia e toccò Anna, come Mara aveva fatto con lui tanto tempo prima. Poi spostò il piede sinistro, ma Anna non lo seguì. Aveva la mano fredda e non tradiva alcuna tensione fisica.

«Non sono capace», disse.

Un attimo dopo si sentì lo squillo di un cellulare e Edgar smise di suonare.

Il cane lanciò un breve guaito, come se sapesse chi

stava chiamando, mentre il piccolo Lukas si drizzò a sedere sul letto con lo sguardo vacuo.

Anna si liberò da lui e tirò fuori il cellulare.

«È lei, mia madre», disse gelida, porgendogli l'apparecchio.

Le loro dita si toccarono, quando lui lo prese. Con i suoi occhi azzurri penetranti, Anna lo scrutò in volto, e lui ebbe l'impressione di dover superare un esame. La somiglianza con Mara era davvero incredibile, tuttavia c'era anche qualcos'altro che lo faceva rabbrividire.

«Mara?» disse al telefono. «Come stai?»

«Allora sei lì!» esclamò Mara. «Sia ringraziato il cielo! Dov'eri finito?» Aveva la voce agitata e nel contempo sincera e senza segreti.

Lei mi ama, pensò lui di colpo, *mi ama esattamente come l'amo io,* e questa consapevolezza gli diede alla testa.

«È una lunga storia, ma a te che cosa è successo?» replicò, cercando di restare calmo. Con la coda dell'occhio vide Lukas che si strofinava il viso con aria ancora assonnata.

«Hai conosciuto Anna», disse Mara invece di dargli una spiegazione. Sottolineò la parola «conosciuto» come contenesse un significato nascosto più profondo.

«Abbiamo ballato il tango, Edgar ha suonato.» Robert si concesse un sorriso e guardò Anna, che rimase seria e immobile.

«Anna ha ballato il tango con te? Mia figlia?» Mara tacque di colpo, e il suo silenzio rivelò a Robert altre cose ancora.

«Esatto, la tua bellissima figlia.»

Lukas si alzò e lo raggiunse a piedi nudi. Poi gli cinse le gambe con le sue braccine diafane.

«Anna ha compiuto trent'anni, a settembre... avrei dovuto dirtelo molto prima», disse Mara, e lui la sentì trattenere il respiro. «Glielo spiegherò quando tornerete tutti da me, spero.»

«Chi sono loro?» balbettò Lukas. «Amici di Babbo Natale? Ci hanno portato i regali?»

Capitolo 19

La vigilia di Natale ad Amburgo il tempo era brutto e piovigginoso. Robert aveva preso una camera all'hotel Atlantic. Aveva impiegato tre giorni per ottenere dal direttore dell'orfanotrofio l'autorizzazione di portare con sé i bambini. Inizialmente aveva rischiato di essere accusato di sottrazione di minore, perché non aveva informato subito la polizia, ma poi l'istituto aveva saputo che era un medico rispettabile e aveva capito inoltre che con i bambini faceva sul serio. La loro era una storia tragica. La madre era morta sei mesi prima di anoressia, il padre stava scontando una pena detentiva per rapina a mano armata. Per diverso tempo non avrebbe più potuto occuparsi di Mark e Lukas. Alla fine era stato Mark a dare il contributo decisivo; aveva detto che Robert, pur non essendo un vero Babbo Natale, era l'adulto più gentile che avesse mai conosciuto, a parte sua madre.

Tre giorni ad Amburgo, era quanto gli era stato permesso, a patto che telefonasse ogni giorno, e Robert era stato davvero felice di avere i bambini con sé. Che cosa sarebbe accaduto quella sera? Mara avrebbe davvero rivelato alla figlia chi era il suo vero padre? Oppure Anna non sarebbe andata a trovarla?

Mara era stata dimessa dall'ospedale il giorno prima. Con la figlia si erano sentite per telefono quotidianamente, ma per qualche motivo lei aveva una sensazione spiacevole.

Il 21 dicembre, dopo una notte trascorsa apparentemente in camere separate all'hotel Duomo, Edgar e Anna erano tornati indietro a bordo di una autoambulanza riadattata. Anna non aveva parlato molto, in compenso l'aveva fatto Edgar. Aveva raccontato della sua fattoria, auspicando che Robert andasse a vederla, e aveva annunciato di voler fondare una band con Anna – a quel punto si trattava giusto di convincerla. Con Edgar non era mai possibile dire se facesse sul serio o se il suo fosse semplice entusiasmo giovanile.

Gli sarebbe piaciuto tanto avere una figlia, e ora che sapeva che il suo desiderio era stato esaudito, l'idea lo riempiva di sgomento. Come si accoglieva una donna adulta, in procinto di sapere che sua madre aveva mentito per trent'anni? Perché Mara si era comportata così? Perché aveva fatto una promessa al suo primo marito, il presunto padre di Anna? No, doveva esserci stato qualcos'altro: la paura, la paura delle conseguenze e la paura di distruggere qualcosa – il loro magico, spensierato 20 dicembre.

Mara abitava in un vecchio palazzo di Eppendorf. Mark e Lukas erano stanchi ed esaltati allo stesso tempo. Siccome il mercatino di Natale sulla piazza del municipio era già stato smantellato, Robert aveva fatto con loro un giro in battello per il porto, li aveva portati a mangiare pizza e gelato e li aveva rivestiti da capo a piedi. In un grande magazzino sulla via principale del centro avevano fatto una foto insieme a un Babbo Natale.

«È il vero Babbo Natale?» aveva domandato Lukas, e Robert aveva risposto di sì con un cenno del capo. Sulla foto comparivano due bambini felici. Più tardi Mark aveva telefonato all'orfanotrofio e aveva parlato a turno con sette ragazzi e un assistente.

Alle cinque e mezza arrivarono davanti alla porta di Mara. Faceva già buio ed era freddo. Di fronte al portone c'era un abete carico di lucine che diffondevano un morbido alone luminoso. Non c'era traccia dell'autoambulanza di Edgar.

Pluto venne loro incontro sulla porta e li salutò entusiasta, come se li conoscesse già da un'eternità.

Poi comparve Mara: indossava un paio di jeans e un pullover verde scuro. La somiglianza con Anna era tale che Robert provò una fitta al cuore. Di colpo tutta la rabbia che aveva provato nei suoi confronti per avergli taciuto tanto a lungo la verità si dissolse nel nulla. Dopo che Mara ebbe salutato i bambini, lei e Robert si baciarono a lungo.

«Mi spiace», gli bisbigliò lei.

«Non ti preoccupare», rispose lui. «Va bene così. L'unica cosa importante è essere qui con te adesso.»

L'appartamento era esattamente come lui se l'era immaginato: pochi mobili raffinati, assi di legno imbiancate, un paio di quadri astratti alle pareti, probabilmente tutti originali.

Durante la cena i bambini parlarono esaltati, raccontando della madre e dei regali che faceva loro, ma stranamente senza manifestare eccessiva malinconia o tristezza. Robert si accorse che Mara continuava a guardare l'ora. Stava aspettando Anna, sebbene non l'avesse nominata neppure una volta.

Edgar arrivò al momento della distribuzione dei regali, con il suo giubbotto giallo e i soliti vecchi jeans, come se fosse appena sceso dall'ambulanza. Aveva con sé il violino e si mise a suonare melodie natalizie, mentre Mark e Lukas si avventavano sui regali. Robert aveva comprato una nuova carriola e l'aveva riempita con un pallone di cuoio, una divisa e scarpe da calciatore per Mark e una fortezza dei cavalieri e un Gameboy per Lukas.

Sembravano quasi una vera famiglia, ma in realtà mancava la figlia autentica.

Per quanto Mara si adoperasse con successo di mascherare la propria inquietudine, Robert la percepì.

Quando i bambini si addormentarono stremati nel grande letto della camera degli ospiti, sulla casa si adagiò uno strano silenzio. Erano quasi le dieci e mezza. Persino Edgar rimase per un istante incerto davanti al grande albero di Natale decorato di rosso in salotto, che Mara confessò di aver addobbato solo quella mattina. Evidentemente nemmeno lui sapeva se restare o andare via.

Robert tastò il regalo destinato a Mara che teneva in tasca, colto improvvisamente dal dubbio che non fosse adatto: era la cartolina con il Rockefeller Center ricevuta all'ospedale di Colonia insieme a due biglietti aerei per New York con data 20 gennaio. L'hotel che aveva prenotato si affacciava direttamente su Central Park.

«È andata da Wolf, suo... padre», disse Mara tornando in salotto dopo aver accompagnato i bambini a letto. Si appoggiò allo stipite della porta e per la prima volta in quella serata la sua espressione si fece pallida e sofferente. Le costole rotte dovevano farle ancora male. «Ci va tutti gli anni. Non so se passerà qui.

Forse ha intuito qualcosa.» Sospirò e Robert provò l'impulso di abbracciarla.

All'improvviso l'atmosfera minacciava di deteriorarsi.

«Non ha importanza», disse lui. «Mi fa piacere essere qui.»

«Esatto», confermò Edgar. Anche il ragazzo si era accorto che l'umore di Mara stava peggiorando. «Prima che vada via, voglio farvi ballare il vostro tango. Mi sono esercitato apposta.» Corse a prendere il violino e attaccò subito a suonare.

Robert faticò a riconoscere il ritmo del tango, invece Mara si mise subito in posizione davanti a lui, di nuovo piena di energie, come se avesse avuto bisogno proprio di quell'impulso.

Lui le prese la mano con cautela. Erano sicuri che potesse ballare? Lei gli rivolse un cenno d'incoraggiamento sorridendo. *Andrà tutto bene*, diceva il suo sorriso. Non appena lei lo toccò, lui ricordò i passi, sinistra, destra, sinistra. Il ritmo lo travolse. Per la prima volta sentiva il ballo, non ballava con la testa, era il suo corpo a danzare. Chissà, forse avrebbe dovuto ascoltare il proprio corpo da subito, già trent'anni prima. Chiuse gli occhi e percepì la vicinanza di Mara. Erano semplici movimenti, e tuttavia carichi di un'armonia e un impeto affatto nuovi.

Ti amo, avrebbe voluto bisbigliarle e gridare e cantare, ma nel contempo sapeva di non aver bisogno di dire niente. Mara lo capiva lo stesso.

Quando riaprì gli occhi, vide Anna in piedi sulla porta che li osservava, immobile e con espressione imperscrutabile.

Edgar suonò ancora qualche accordo, poi posò l'archetto. Robert aveva l'impressione che avesse accorciato la melodia, per non costringere Anna a restare ferma in silenzio troppo a lungo.

Mara si staccò da lui. Prima che potesse dire qualcosa, Anna la raggiunse con un sorriso sofferto.

«Anch'io mi muovo allo stesso modo», disse. «Legnosa come una bambola snodabile – non è uno spettacolo molto elegante.»

«Ma che cosa dici, che cosa non sarebbe elegante?» domandò Mara guardandosi il corpo.

«Non parlavo di te, mamma.» Anna aveva assunto un tono vagamente saccente. «Tu sei una vera professionista, sai ballare anche con le costole rotte. Mi riferivo a Robert. Inoltre le mie unghie hanno la stessa forma insolita delle sue.» Fece un gesto vago con la mano e si mise a sedere su una poltrona di pelle nera. Poi rivolse un cenno di saluto a Edgar che lo ricambiò con un sorriso.

«Wolf ti ha detto qualcosa?» chiese Mara un po' affannata.

Anna sorrise sarcastica. «Siete proprio una bella coppia, c'è da stupirsi a pensare che vi siate accontentati di ballare un tango nella vostra camera d'albergo una volta l'anno. Il Natale è la festa dei doni. Forse oggi dovremmo fare un'eccezione e scambiarci qualche verità.» Si sporse in avanti, prese dal tavolo un bicchiere a caso e bevve un sorso di vino.

«D'accordo», disse Mara, «regaliamoci qualche verità. Devo cominciare io?»

Anna si appoggiò rilassata allo schienale, il bicchiere in mano, e fece un gesto di incoraggiamento.

«Tu sei stata concepita a New York la notte tra il 19 e il 20 dicembre, e Robert è tuo padre», proseguì Mara a voce bassa. «È stato un errore tenertelo nascosto per tutti questi anni, ma...» tacque improvvisamente.

Robert le posò una mano sulla spalla, con un gesto protettivo.

Non era il momento di dare giustificazioni.

«In un modo o nell'altro l'ho sempre intuito», osservò Anna, lo sguardo assorto fisso oltre di loro. Non sembrava scioccata e neppure eccessivamente sorpresa. «Forse è per questo che ho sempre avuto voglia di seguirti. *Chi è l'uomo con il quale si incontra?*, mi chiedevo ogni anno, da quando ho cominciato a ragionare. Ti comportavi sempre in maniera bizzarra prima di quel fatidico 20 dicembre, e quando tornavi eri cambiata in maniera impercettibile. Questo cambiamento durava fino a Natale e cominciava a sparire per l'ultimo dell'anno. Diversi anni dopo Wolf mi ha raccontato di aver avuto spesso l'impressione che a Natale tu non fossi insieme a noi, ma da qualche parte in un sogno... come se fossi uno spettro del Natale, presente e assente nello stesso momento. Anche con Sören e Hendrick le cose non sono cambiate. Anno dopo anno la cosa si ripeteva, senza differenze.»

Robert si accorse che Edgar era uscito silenziosamente dal salotto, fingendo di voler andare a controllare come stavano i bambini.

Mara deglutì, come se stesse cercando le parole giuste.

«Non ce la sentivamo; quell'anno a New York», spiegò Robert, «giurammo che ci saremmo visti una volta l'anno. Un giorno come un sogno, fuori dalla realtà e senza legami.» Ascoltò le proprie parole però non riuscì a decidere se suonassero vuote o meno.

Anna scrollò impercettibilmente il capo, senza tuttavia dare l'impressione di volerlo respingere. «Non ti chiamerò mai papà», dichiarò decisa, ma priva di ostilità. «Adesso tocca a me annunciare la mia verità. Aspetto un bambino...» Fece una pausa. «Già, proprio così. È di Tom, dal quale mi sono separata ieri. Ma il mio bambino saprà fin dal primo giorno chi è il suo vero padre.»

Mara fece un profondo respiro. *Era di gioia o di sorpresa*?, si chiese Robert.

Edgar comparve all'improvviso accanto ad Anna, con in mano il violino.

«Anch'io ho la mia verità da rivelare», disse guardando Anna, «anzi, per la precisione sono due. La prima è che trovo che Robert e Mara siano una coppia meravigliosa, e non solo per un giorno all'anno. In secondo luogo mi sono innamorato della futura cantante della mia futura band.» Suonò tre note stridule per mascherare il proprio disagio.

Alle sue spalle spuntò Mark. Era stato Edgar a svegliarlo? Si capiva che il bambino non aveva dormito, ma aveva ascoltato tutto. Si strinse le braccia intorno al corpo magro e guardò in successione dall'uno all'altro. «Mi sembra di essere in un sogno», disse. «Come se la mamma mi avesse fatto un regalo, una vera e bellissima festa di Natale.»

Robert si accorse che il bambino aveva le lacrime agli occhi, come Mara accanto lui.

«Sono d'accordo», dichiarò con un tono di voce un po' troppo alto. «È una bellissima festa di Natale con alcune bellissime verità. Ora tocca a me. Mara...» La guardò con espressione serissima. «Trovo che dovremmo smettere di incontrarci di nascosto il 20 dicembre. Preferirei inaugurare una nuova tradizione. D'ora in poi ogni anno trascorreremo il Natale insieme, con Lukas e Mark e con Edgar e Anna, se vorranno.» Esitò per un istante. «E per il resto dell'anno io resterò ad Amburgo.»

Vide Mara annuire in silenzio e Anna confermare con un sorriso.

Edgar sorrise felice e si posò di nuovo il violino sulla spalla.

Questo libro è stato stampato col sole

Grafica Veneta S.p.A.
azienda carbon-free
di Trebaseleghe (PD)

Fotocomposizione:
Nuovo Gruppo Grafico s.r.l. - Milano

Finito di stampare nel mese di settembre 2010
per conto della TEA S.p.A.
Printed in Italy